U0066654

瑞蘭國際

瑞蘭國際

愛上日本語

日語入門必備的第一本書
教你輕鬆開口說日語

林京佩、陳冠敏、木村翔　著
元氣日語編輯小組　總策劃

作者群序

台灣與日本自古以來淵源深厚，在台灣一直有許多人喜歡日本的動漫、角色扮演、日劇、歌曲、流行等資訊，而台灣人也很偏愛到日本旅遊，雙方交流相當密切。加上日本政府歡迎台灣30歲以下的民眾前往度假打工，希望讓更多的人深度了解日本文化、體驗日本當地風俗民情，因此在台灣學習日語的人口一直只僅次於英語學習人口。

在台灣已盛行多年的外語課程，選修日語人數一直居高不下，更顯示出學生對於日語的喜好。而作者群於教學經驗中得知，學生們總是希望學習日語後能夠靈活應用於實際生活中，或是可以與三五好友前往日本自助旅行。但是著眼於市售之各類型教科書，其內容或過於制式化，或缺乏實用性，不容易現學現賣，要不就是過於簡單，以致於難以銜接後續進階課程。講師礙於這些現況，為滿足學生之需求，經常需要準備大量補充教材，而學生上課時除了須攜帶課本外，還必須收納大量講義，這對師生雙方都造成不小的困擾。

所謂「工欲善其事，必先利其器」，作者群多年來一直感於市面上需要一本可以因應學習者實際需求，內容活潑多元且能夠實際應用於生活中，並能順利銜接後續課程之日語教材。因此，作者群本著多年教學經驗，經過長時間構思及反覆討論後，開始著手書寫嶄新風格且內容豐富有趣的教科書，本書的特色如下：

- 所有平假名及片假名練習的單字皆選自「日本語能力檢定」用字，對於奠定日檢基礎有相當大之助益。
- 利用大量有趣的圖片協助學習者，輕易背誦單字語彙及基礎句型。
- 各課新學習字彙濃縮為30個，並於附錄中提供有趣的練習活動，讓學習者無負擔，同時又能模擬日後實際對話情境，輕鬆學習。

- 各課附有詳細文法說明及作業練習，學習者於學習的同時還可自我評量學習成效。
- 另有多元有趣的主題遊戲加深學習成效，還有穿插日本文化及旅遊資訊，增強學習者學習動機。
- 各課會話文均採用日常生活中實際之對話內容，搭配隨書音檔使用，讓學生可以隨時隨地掌握正確的口語發音。
- 作者群為使學習者更貼近日本現況，及時掌握日本潮流變遷，於2023年末著手改訂。深信這是一本可以滿足所有學習者需求之日語教材，除了適用各級學校之日語入門課程，亦適合熱愛日語之自學者選用，讓學習者可以輕輕鬆鬆地說一口流利的日語。當然，更衷心希望本書可以協助有心學好日語的所有學習者，奠定良好的日語基礎，成為日後的日語達人。

最後，感謝瑞蘭國際出版的專業團隊，一路相挺、全力支持，在此致上誠摯的謝意。

林京佩 陳冠敏 木村翔 謹識

如何使用本書

《愛上日本語》是一本用最輕鬆的學習方式，讓你在短時間之內，便能掌握日語聽、說、讀、寫要訣的全方位學習書。只要依照本書的順序，你一定會發現，原來日語這麼簡單，進而愛上日本語！

從五十音開始，打下日語學習根基（本書第一課～第四課）

- 本書第一課到第四課，為日語五十音「平假名」以及「片假名」的學習。
- 在學習內容上，包含平假名和片假名的「清音」、「濁音」、「半濁音」、「拗音」、「長音」、「促音」等等，是學習日語的第一步！
- 在學習方法上，除了完整的「筆順教學」、扎實的「假名習寫」、輔助記憶的「相關單字」、跟著一起唸的「音檔教學」之外，還有連連看、文字接龍等等有趣的「練習題」，讓你輕輕鬆鬆，不知不覺便學會日語五十音！

❶ 筆順教學	❺ 漢字教學	❾ 音檔教學序號
❷ 重音教學	❻ 單字中文意義	❿ 插圖輔助學習
❸ 假名習寫	❼ 羅馬拼音	
❹ 單字學習	❽ 練習題	

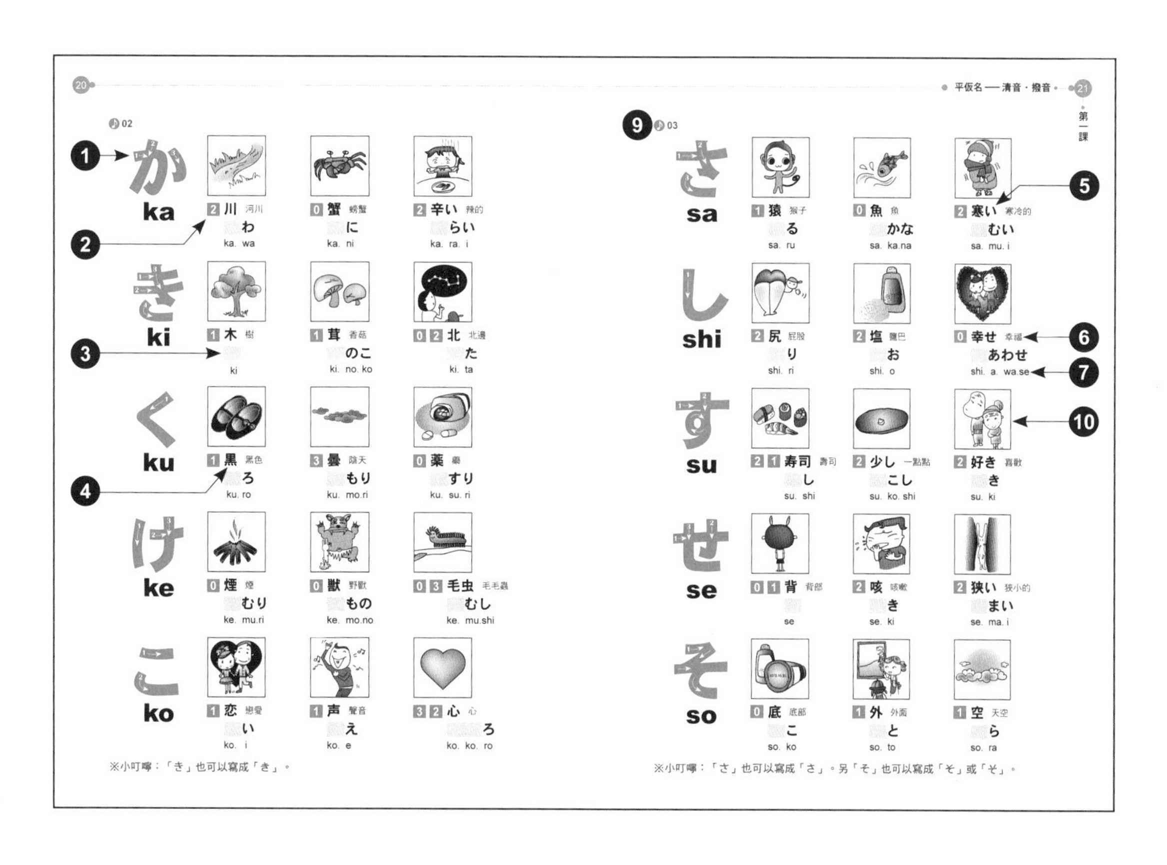

20
♪02
1
2
3
4
か ka
2 川 河川 わ ka. wa
0 蟹 螃蟹 に ka. ni
2 辛い 辣的 らい ka. ra. i
き ki
1 木 樹 ki
1 茸 香菇 のこ ki. no. ko
0 2 北 北邊 た ki. ta
く ku
1 黒 黑色 ろ ku. ro
3 曇 陰天 もり ku. mo.ri
0 薬 藥 すり ku. su. ri
け ke
0 煙 煙 むり ke. mu.ri
0 獣 野獸 もの ke. mo.no
0 3 毛虫 毛毛蟲 むし ke. mu.shi
こ ko
1 恋 戀愛 い ko. i
1 声 聲音 え ko. e
3 2 心 心 ろ ko. ko. ro
※小叮嚀：「き」也可以寫成「き」。
平仮名 —— 清音・撥音 21
第一課
9 ♪03
5
6
7
10
さ sa
1 猿 猴子 る sa. ru
0 魚 魚 かな sa. ka.na
2 寒い 寒冷的 むい sa. mu. i
し shi
2 尻 屁股 り shi. ri
2 塩 鹽巴 お shi. o
0 幸せ 幸福 あわせ shi. a. wa.se
す su
2 1 寿司 壽司 し su. shi
2 少し 一點點 こし su. ko. shi
2 好き 喜歡 き su. ki
せ se
0 1 背 背部 se
2 咳 咳嗽 き se. ki
2 狭い 狹小的 まい se. ma. i
そ so
0 底 底部 こ so. ko
1 外 外面 と so. to
1 空 天空 ら so. ra
※小叮嚀：「さ」也可以寫成「さ」。另「そ」也可以寫成「そ」或「そ」。

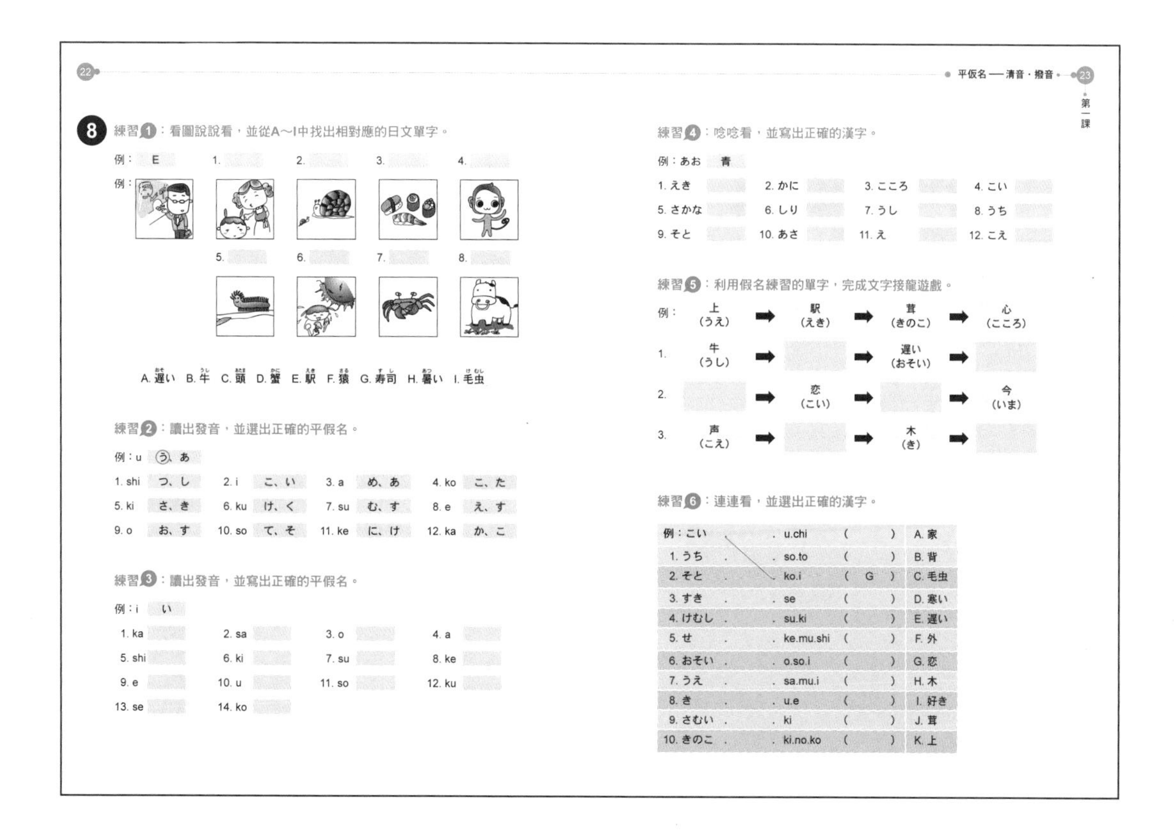

22
平仮名 —— 清音・撥音 23
第一課
8
練習1：看圖說說看，並從A～I中找出相對應的日文單字。
例：E 1. 2. 3. 4.
5. 6. 7. 8.
A. 遅い B. 牛 C. 頭 D. 蟹 E. 駅 F. 猿 G. 寿司 H. 暑い I. 毛虫
練習2：讀出發音，並選出正確的平假名。
例：u う、あ
1. shi つ、し 2. i こ、い 3. a め、あ 4. ko こ、た
5. ki さ、き 6. ku け、く 7. su む、す 8. e え、す
9. o お、す 10. so て、そ 11. ke に、け 12. ka か、こ
練習3：讀出發音，並寫出正確的平假名。
例：i い
1. ka 2. sa 3. o 4. a
5. shi 6. ki 7. su 8. ke
9. e 10. u 11. so 12. ku
13. se 14. ko
練習4：唸唸看，並寫出正確的漢字。
例：あお 青
1. えき 2. かに 3. こころ 4. こい
5. さかな 6. しり 7. うし 8. うち
9. そと 10. あさ 11. え 12. こえ
練習5：利用假名練習的單字，完成文字接龍遊戲。
例：上（うえ） ➡ 駅（えき） ➡ 茸（きのこ） ➡ 心（こころ）
1. 牛（うし） ➡ ➡ 遅い（おそい） ➡
2. ➡ 恋（こい） ➡ ➡ 今（いま）
3. 声（こえ） ➡ ➡ 木（き） ➡
練習6：連連看，並選出正確的漢字。
例：こい . . u.chi ( ) A. 家
1. うち . . so.to ( ) B. 背
2. そと . . ko.i (G) C. 毛虫
3. すき . . se ( ) D. 寒い
4. けむし . . su.ki ( ) E. 遅い
5. せ . . ke.mu.shi ( ) F. 外
6. おそい . . o.so.i ( ) G. 恋
7. うえ . . sa.mu.i ( ) H. 木
8. き . . u.e ( ) I. 好き
9. さむい . . ki ( ) J. 茸
10. きのこ . . ki.no.ko ( ) K. 上

進階學習基礎句型，奠定日語學習基礎
（本書第五課～第十二課）

- 學完日語五十音之後，本書第五課到第十二課，為可以運用在日常生活中之日語必學基礎課程。
- 在學習內容上，除了「自我介紹」之外，還有「名詞」、「こ・そ・あ・ど」系列的「指示代名詞」、「い形容詞」、「な形容詞」、「動詞」、「助詞」等等，是學習日語的第二步！
- 在學習方法上，先確立「學習目標」，接著依序學習「文型」、「例文」、「代換練習」、「會話」、「會話翻譯」、「文法解說」、「單字」，最後再做「練習題」。若能搭配音檔一起朗讀與記憶，必能在最短的時間內，成為聽、說、讀、寫皆在行的日語達人！

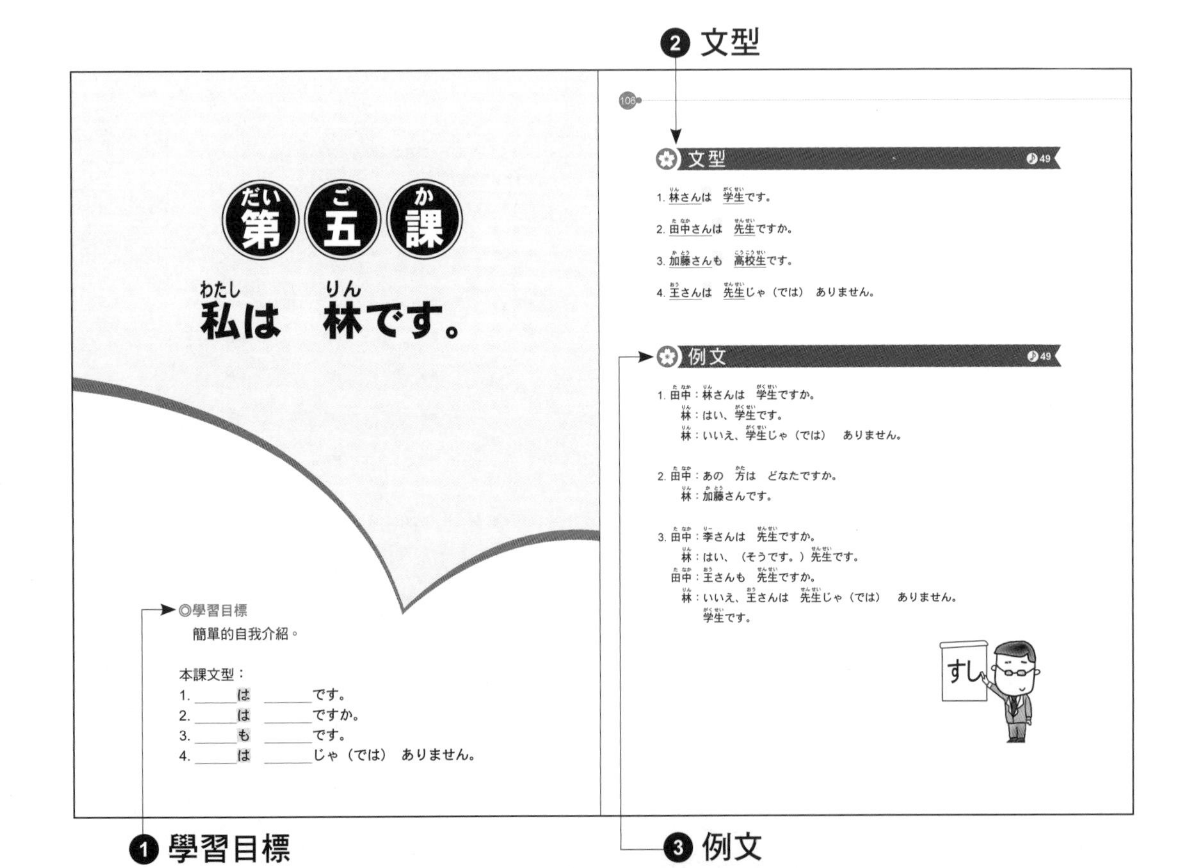

❹ 代換練習

私は　林です。 107 第五課

代換練習

一　例：王さん・学生
→ 王さんは　学生です。

1. 李さん・先生
→

2. 田中さん・日本人
→

3. 私たち・公務員
→

二　例：林さん・先生（はい）
→ A：林さんは　先生ですか。
B：はい、（そうです。）先生です。

例：林さん・先生（いいえ）
→ A：林さんは　先生ですか。
B：いいえ、先生じゃ　ありません。/いいえ、そうじゃ　ありません。

1. 皆さん・台湾人（はい）
→

2. 佐藤さん・留学生（いいえ）
→

3. あなた・学生（はい）
→

❺ 會話

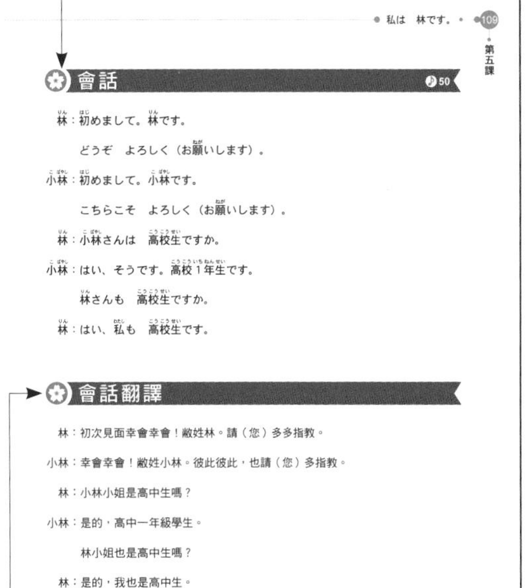

私は　林です。 109 第五課

會話 50

林：初めまして。林です。
どうぞ　よろしく（お願いします）。
小林：初めまして。小林です。
こちらこそ　よろしく（お願いします）。
林：小林さんは　高校生ですか。
小林：はい、そうです。高校１年生です。
林さんも　高校生ですか。
林：はい、私も　高校生です。

會話翻譯

林：初次見面幸會幸會！敝姓林。請（您）多多指教。
小林：幸會幸會！敝姓小林。彼此彼此，也請（您）多多指教。
林：小林小姐是高中生嗎？
小林：是的，高中一年級學生。
林小姐也是高中生嗎？
林：是的，我也是高中生。

❻ 會話翻譯

❼ 文型解說

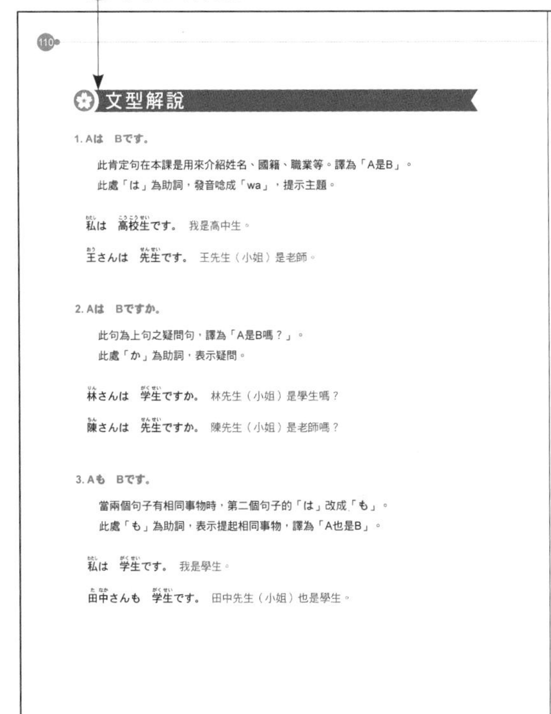

110

文型解說

1. Aは　Bです。

此肯定句在本課是用來介紹姓名、國籍、職業等。譯為「A是B」。
此處「は」為助詞，發音唸成「wa」，提示主題。

私は　高校生です。 我是高中生。
王さんは　先生です。 王先生（小姐）是老師。

2. Aは　Bですか。

此句為上句之疑問句，譯為「A是B嗎？」。
此處「か」為助詞，表示疑問。

林さんは　学生ですか。 林先生（小姐）是學生嗎？
陳さんは　先生ですか。 陳先生（小姐）是老師嗎？

3. Aも　Bです。

當兩個句子有相同事物時，第二個句子的「は」改成「も」。
此處「も」為助詞，表示提起相同事物，譯為「A也是B」。

私は　学生です。 我是學生。
田中さんも　学生です。 田中先生（小姐）也是學生。

❽ 單字

112

文型例文生字 51

	重音	假名	漢字／原文	中文
1.		～さん		～先生；～小姐；～同學
2.	0	がくせい	学生	學生
3.	3	せんせい	先生	老師（尊稱）
4.	3	こうこうせい	高校生	高中生
5.	1	はい		是
6.	0	いいえ		不是
7.	3 4	あの　かた	あの　方	那一位，「あの　人」（那個人）的禮貌形
8.	1	どなた		哪位，「誰」（誰）的禮貌形

代換練習生字 51

	重音	假名	漢字／原文	中文
9.	4	にほんじん	日本人	日本人
10.	3	わたしたち	私たち	我們
11.	3	こうむいん	公務員	公務員
12.	2	みなさん	皆さん	各位
13.	5	たいわんじん	台湾人	台灣人
14.	4	りゅうがくせい	留学生	留學生
15.	2	あなた		你
16.	3	かいしゃいん	会社員	公司職員
17.	2	じむいん	事務員	辦事員

會話生字 51

	重音	假名	漢字／原文	中文
18.	4	はじめまして	初めまして	初次見面
19.		どうぞ　よろしく		請多指教
20.	4	こちらこそ		彼此彼此
21.		～ねんせい	～年生	～年級學生
22.	0	わたし	私	我

多元的延伸內容，打開日語學習新視野（本書附錄）

- 在學習日語必學基礎句型的同時，本書附錄豐富實用的內容，可以當作補充教材，增進日語基礎實力。
- 在學習內容上，單字範圍廣泛，涵蓋「招呼用語」、「中日姓氏」、「數字」、「職業」、「文具及電器用品」、「時間」、「形容詞・顏色」……等十八大類，不但可以記憶必學單字，還能代入句型練習。只要學一個句子，就能學會各種說法。
- 學習日語，也要對日本有基本認識，本書附錄的日本都道府縣地圖，一都（東京都）一道（北海道）二府（大阪府、京都府）四十三縣（福岡縣、神奈川縣等），讓你更能了解日本縣市的地理位置。

招呼用語

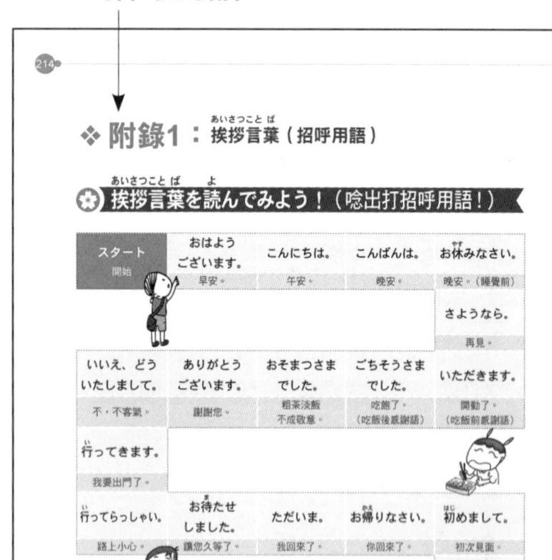

214

❖ 附錄1：挨拶言葉（招呼用語）

挨拶言葉を読んでみよう！（唸出打招呼用語！）

スタート 開始
おはようございます。 早安。
こんにちは。 午安。
こんばんは。 晚安。
お休みなさい。 晚安。（睡覺前）
さようなら。 再見。
いただきます。 開動了。（吃飯前感謝語）
ごちそうさまでした。 吃飽了。（吃飯後感謝語）
おそまつさまでした。 粗茶淡飯不成敬意。
ありがとうございます。 謝謝您。
いいえ、どういたしまして。 不，不客氣。
行ってきます。 我要出門了。
行ってらっしゃい。 路上小心。
お待たせしました。 讓您久等了。
ただいま。 我回來了。
お帰りなさい。 你回來了。
初めまして。 初次見面。
よろしくお願いします。 請多多指教。
お元気ですか。 您好嗎？
おかげさまで、元気です。 託您的福，很好。
失礼します。 （進門或離開時的招呼語）
ごめんください。 有人在家嗎？
お邪魔します。 打擾了。
お先に失礼します。 我先行告退了。
お疲れ様でした。 辛苦您了。
すみません。 對不起。
どうぞお大事に。 請多保重。
おめでとうございます。 恭喜。
ゴール 終點

中日姓氏

215 附錄

❖ 附錄2：中国人と日本人の苗字（中日姓氏）

中国人の苗字（中國人的姓氏）

丁	王	孔	方	史	石	古	白
包	田	朱	江	吳	何	沈	宋
杜	李	汪	呂	邵	林	周	金
邱	符	孟	柳	胡	范	姚	洪
徐	陳	孫	唐	陸	翁	高	夏
秦	郝	崔	陶	張	郭	許	曹
莊	連	黃	馮	程	湯	曾	溫
游	傅	鄒	彭	童	詹	董	葉
賈	楊	趙	廖	蔣	鄭	鄧	潘
劉	黎	錢	薛	盧	蕭	謝	龍
魏	鐘	簡	韓	譚	羅	鍾	蘇

日本人の苗字（日本人的姓氏）

吉田	池田	前田	田中	上田
佐藤	加藤	工藤	斉藤	伊藤
鈴木	佐々木	青木	山本	山口
山田	小山	森山	中村	木村
村上	松本	橋本	中野	中島
小林	小川	小泉	石川	川崎
徳川	大岡	大久保	天野	牧野
浅野	長野	鹿島	高島	福島
高橋	清水	阿部	関口	五十嵐

形容詞・顏色

運動・電影・音樂

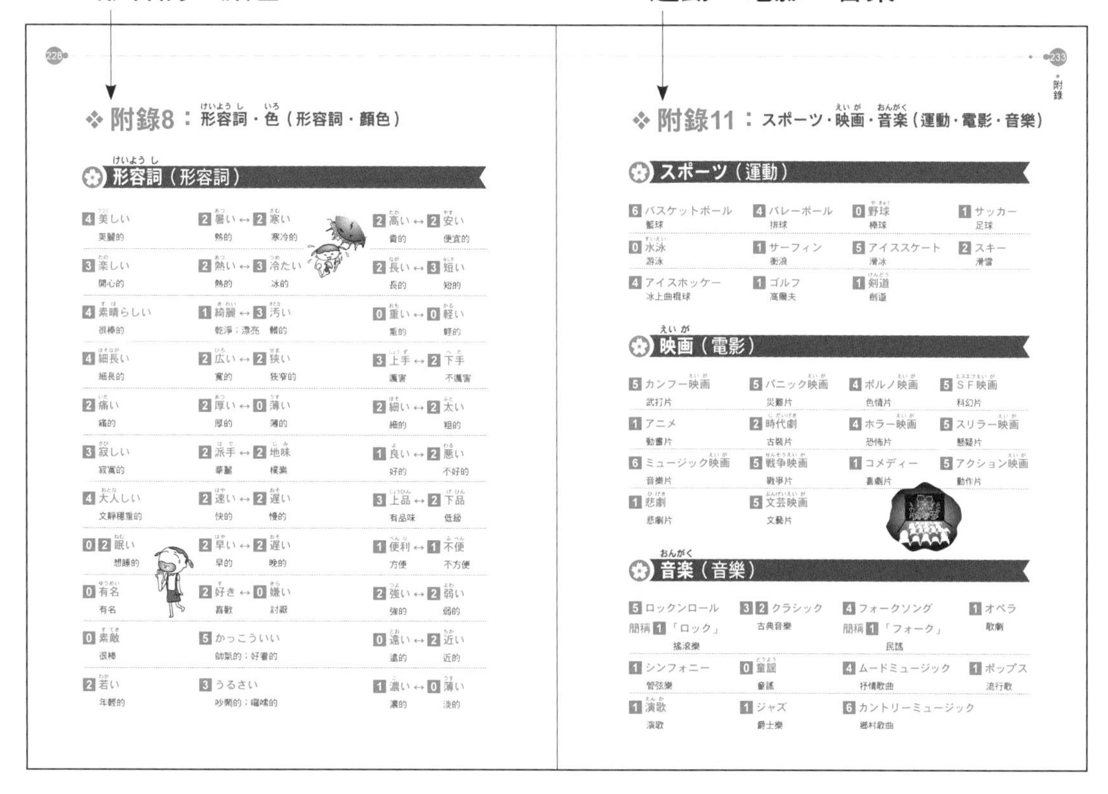

❖ 附錄8：形容詞・色（形容詞・顏色）

形容詞（形容詞）

4 美しい 美麗的	2 暑い ↔ 2 寒い 熱的 寒冷的	2 高い ↔ 2 安い 貴的 便宜的
3 楽しい 開心的	2 熱い ↔ 3 冷たい 熱的 冰的	2 長い ↔ 3 短い 長的 短的
4 素晴らしい 很棒的	1 綺麗 ↔ 3 汚い 乾淨；漂亮 髒的	0 重い ↔ 0 軽い 重的 輕的
4 細長い 細長的	2 広い ↔ 2 狭い 寬的 狹窄的	3 上手 ↔ 2 下手 厲害 不厲害
2 痛い 痛的	2 厚い ↔ 0 薄い 厚的 薄的	2 細い ↔ 2 太い 細的 粗的
3 寂しい 寂寞的	2 派手 ↔ 2 地味 華麗 樸素	1 良い ↔ 2 悪い 好的 不好的
4 大人しい 文靜穩重的	2 速い ↔ 2 遅い 快的 慢的	3 上品 ↔ 2 下品 有品味 低級
0 2 眠い 想睡的	2 早い ↔ 2 遅い 早的 晚的	1 便利 ↔ 1 不便 方便 不方便
0 有名 有名	2 好き ↔ 0 嫌い 喜歡 討厭	2 強い ↔ 2 弱い 強的 弱的
0 素敵 很棒	5 かっこういい 帥氣的；好看的	0 遠い ↔ 2 近い 遠的 近的
2 若い 年輕的	3 うるさい 吵鬧的；囉嗦的	1 濃い ↔ 0 薄い 濃的 淡的

❖ 附錄11：スポーツ・映画・音楽（運動・電影・音樂）

スポーツ（運動）

6 バスケットボール 籃球	4 バレーボール 排球	0 野球 棒球	1 サッカー 足球
0 水泳 游泳	1 サーフィン 衝浪	5 アイススケート 滑冰	2 スキー 滑雪
4 アイスホッケー 冰上曲棍球	1 ゴルフ 高爾夫	1 剣道 劍道	

映画（電影）

5 カンフー映画 武打片	5 パニック映画 災難片	4 ポルノ映画 色情片	5 SF映画 科幻片
1 アニメ 動畫片	2 時代劇 古裝片	4 ホラー映画 恐怖片	5 スリラー映画 懸疑片
6 ミュージック映画 音樂片	5 戦争映画 戰爭片	1 コメディー 喜劇片	5 アクション映画 動作片
1 悲劇 悲劇片	5 文芸映画 文藝片		

音楽（音樂）

5 ロックンロール 簡稱 1「ロック」 搖滾樂	3 2 クラシック 古典音樂	4 フォークソング 簡稱 1「フォーク」 民謠	1 オペラ 歌劇
1 シンフォニー 管弦樂	0 童謡 童謠	4 ムードミュージック 抒情歌曲	1 ポップス 流行歌
1 演歌 演歌	1 ジャズ 爵士樂	6 カントリーミュージック 鄉村歌曲	

日本行政區

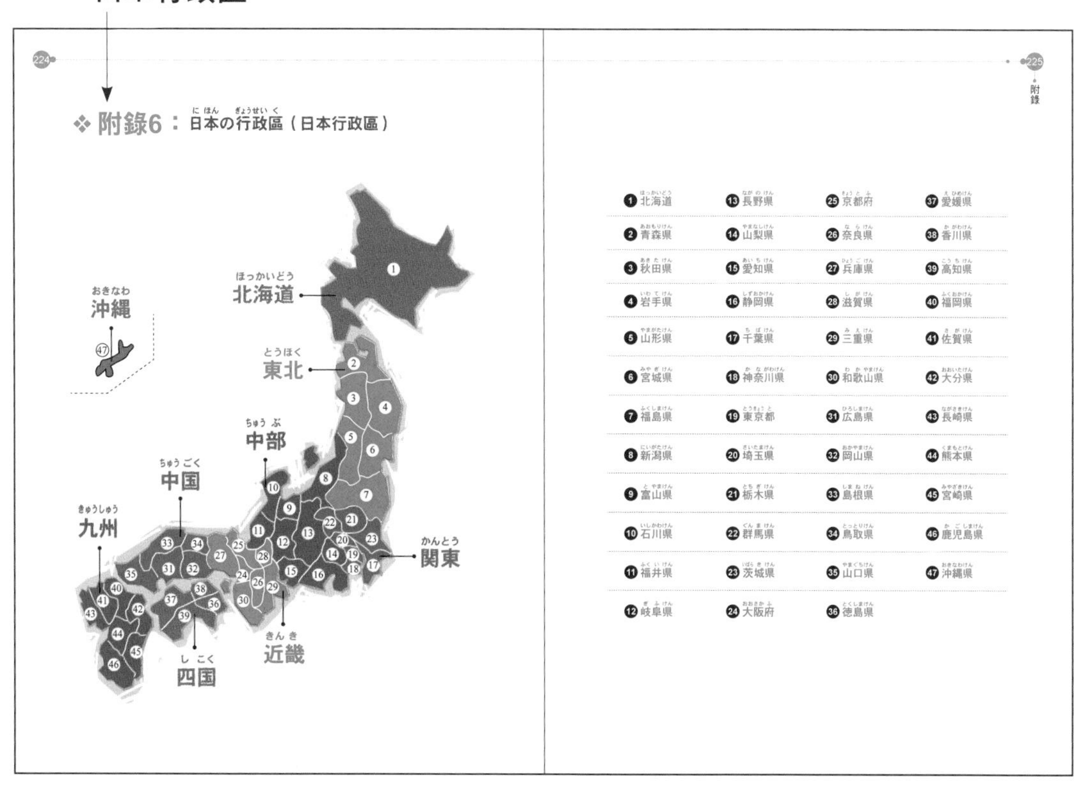

❖ 附錄6：日本の行政区（日本行政區）

1 北海道	13 長野県	25 京都府	37 愛媛県
2 青森県	14 山梨県	26 奈良県	38 香川県
3 秋田県	15 愛知県	27 兵庫県	39 高知県
4 岩手県	16 静岡県	28 滋賀県	40 福岡県
5 山形県	17 千葉県	29 三重県	41 佐賀県
6 宮城県	18 神奈川県	30 和歌山県	42 大分県
7 福島県	19 東京都	31 広島県	43 長崎県
8 新潟県	20 埼玉県	32 岡山県	44 熊本県
9 富山県	21 栃木県	33 島根県	45 宮崎県
10 石川県	22 群馬県	34 鳥取県	46 鹿児島県
11 福井県	23 茨城県	35 山口県	47 沖縄県
12 岐阜県	24 大阪府	36 徳島県	

目　次

五十音音韻表

〔清音〕

	あ段	い段	う段	え段	お段
あ行	あ ア a	い イ i	う ウ u	え エ e	お オ o
か行	か カ ka	き キ ki	く ク ku	け ケ ke	こ コ ko
さ行	さ サ sa	し シ shi	す ス su	せ セ se	そ ソ so
た行	た タ ta	ち チ chi	つ ツ tsu	て テ te	と ト to
な行	な ナ na	に ニ ni	ぬ ヌ nu	ね ネ ne	の ノ no
は行	は ハ ha	ひ ヒ hi	ふ フ fu	へ ヘ he	ほ ホ ho
ま行	ま マ ma	み ミ mi	む ム mu	め メ me	も モ mo
や行	や ヤ ya		ゆ ユ yu		よ ヨ yo
ら行	ら ラ ra	り リ ri	る ル ru	れ レ re	ろ ロ ro
わ行	わ ワ wa				を ヲ o
	ん ン n				

〔濁音・半濁音〕

が ガ ga	ぎ ギ gi	ぐ グ gu	げ ゲ ge	ご ゴ go
ざ ザ za	じ ジ ji	ず ズ zu	ぜ ゼ ze	ぞ ゾ zo
だ ダ da	ぢ ヂ ji	づ ヅ zu	で デ de	ど ド do
ば バ ba	び ビ bi	ぶ ブ bu	べ ベ be	ぼ ボ bo
ぱ パ pa	ぴ ピ pi	ぷ プ pu	ぺ ペ pe	ぽ ポ po

〔拗音〕

きゃ キャ kya	きゅ キュ kyu	きょ キョ kyo	しゃ シャ sha	しゅ シュ shu	しょ ショ sho
ちゃ チャ cha	ちゅ チュ chu	ちょ チョ cho	にゃ ニャ nya	にゅ ニュ nyu	にょ ニョ nyo
ひゃ ヒャ hya	ひゅ ヒュ hyu	ひょ ヒョ hyo	みゃ ミャ mya	みゅ ミュ myu	みょ ミョ myo
りゃ リャ rya	りゅ リュ ryu	りょ リョ ryo	ぎゃ ギャ gya	ぎゅ ギュ gyu	ぎょ ギョ gyo
じゃ ジャ ja	じゅ ジュ ju	じょ ジョ jo	びゃ ビャ bya	びゅ ビュ byu	びょ ビョ byo
ぴゃ ピャ pya	ぴゅ ピュ pyu	ぴょ ピョ pyo			

假名字源

平仮名の字源（平假名字源）

安→あ	以→い	宇→う	衣→え	於→お
加→か	幾→き	久→く	計→け	己→こ
左→さ	之→し	寸→す	世→せ	曽→そ
太→た	知→ち	川→つ	天→て	止→と
奈→な	仁→に	奴→ぬ	祢→ね	乃→の
波→は	比→ひ	不→ふ	部→へ	保→ほ
末→ま	美→み	武→む	女→め	毛→も
也→や	以→い	由→ゆ	衣→え	与→よ
良→ら	利→り	留→る	礼→れ	呂→ろ
和→わ	為→ゐ	宇→う	恵→ゑ	遠→を
无→ん				

片仮名の字源（片假名字源）

阿→ア	伊→イ	宇→ウ	江→エ	於→オ
加→カ	機→キ	久→ク	介→ケ	己→コ
散→サ	之→シ	須→ス	世→セ	曽→ソ
多→タ	千→チ	川→ツ	天→テ	止→ト
奈→ナ	仁→ニ	奴→ヌ	祢→ネ	乃→ノ
八→ハ	比→ヒ	不→フ	部→ヘ	保→ホ
末→マ	三→ミ	牟→ム	女→メ	毛→モ
也→ヤ	伊→イ	由→ユ	江→エ	譽→ヨ
良→ラ	利→リ	流→ル	礼→レ	呂→ロ
和→ワ	井→ヰ	宇→ウ	恵→ヱ	乎→ヲ
尔→ン				

輕鬆學日語標準語調（アクセント）

日語的語調與英文的重音不同，是較類似國語的高低音調。

日語的語調分為四種型態，分別為「平板型」、「頭高型」、「中高型」、「尾高型」。而標記方式則有兩種，一種是劃線標示，一種是以數字標示。說明如下：

平板型

無「高音核」存在，所以劃線是以「一直線」標示，若用數字則是以 0 來標示。發音時第一個假名略發低音，之後唸其他假名時都是高音。

發音口訣：先低下頭再高高抬頭

例：ほし 0

頭高型

「高音核」在單字的第一個假名上，劃線是標示在第一個假名上，若用數字則是以 1 來標示。發音時第一個假名發高音，之後其他假名時都是低音。

發音口訣：先高高抬頭再低下頭

例：ほん 1

中高型

「高音核」在單字中間的假名上。例如「たまご」（蛋）這個單字，高音核在「ま」這個假名上，所以劃線是在第二個假名上，數字則是以 2 來標示。發音時第一個假名發低音，之後唸「ま」要發高音，後面其他假名都是低音。

發音口訣：先低下頭再抬高頭，之後又低下頭

例：たまご 2

尾高型

「高音核」在單字最後一個假名上。例如「さしみ」（生魚片）這個單字，高音核在「み」這個假名上，所以劃線是在最後一個假名上，數字則是以 3 來標示。發音時第一個假名發低音，之後到「み」為止的假名要發高音。

發音口訣：先低下頭，之後一直抬頭唸

例：さしみ 3

如何掃描 QR Code 下載音檔

1. 以手機內建的相機或是掃描 QR Code 的 App 掃描封面的 QR Code。
2. 點選「雲端硬碟」的連結之後，進入音檔清單畫面，接著點選畫面右上角的「三個點」。
3. 點選「新增至「已加星號」專區」一欄，星星即會變成黃色或黑色，代表加入成功。
4. 開啟電腦，打開您的「雲端硬碟」網頁，點選左側欄位的「已加星號」。
5. 選擇該音檔資料夾，點滑鼠右鍵，選擇「下載」，即可將音檔存入電腦。

平仮名——清音・撥音

ひらがな　せいおん　はつおん

◎學習目標

平假名的清音、撥音的寫法及發音方式。

❖ 清音（せいおん）・撥音（はつおん）

學習日文，一開始首先要學習的是平假名的「清音」寫法和發音方式。所謂平假名「清音」就是俗稱的「五十音」，但是清音總共只有四十五個假名再加上一個撥音（中文稱為鼻音）。清音是可以單獨發音的假名，但是撥音必須跟其他假名合在一起發音，並且絕對不會出現在字首。

雖然感覺要背很多字母，但是不用太緊張，因為日文是屬於表音文字，只要認真努力學會了平假名清音，以後看到日文就一定可以唸得出來！

清音共四十五個

撥音一個

♪01

a

1 **朝** 早上
さ
a. sa

3 2 **頭** 頭
たま
a. ta. ma

2 **暑い** 熱的
つい
a. tsu.i

i

0 **椅子** 椅子
す
i. su

2 **痛い** 痛的
た
i. ta. i

1 **今** 現在
ま
i. ma

u

0 **上** 上面
え
u. e

2 **家** 家
ち
u. chi

0 **牛** 牛
し
u. shi

e

1 **絵** 繪畫

e

1 **駅** 車站
き
e. ki

1 **声** 聲音
こ
ko. e

o

0 2 **遅い** 慢的
そい
o. so. i

0 **お金** 錢
かね
o. ka. ne

4 **面白い** 有趣的
もしろい
o. mo.shi.ro. i

♪02

ka

2 **川** 河川

わ

ka. wa

0 **蟹** 螃蟹

に

ka. ni

2 **辛い** 辣的

らい

ka. ra. i

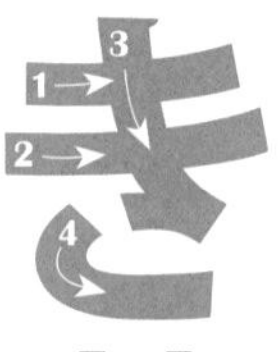

ki

1 **木** 樹

ki

1 **茸** 香菇

のこ

ki. no. ko

0 2 **北** 北邊

た

ki. ta

ku

1 **黒** 黑色

ろ

ku. ro

3 **曇** 陰天

もり

ku. mo.ri

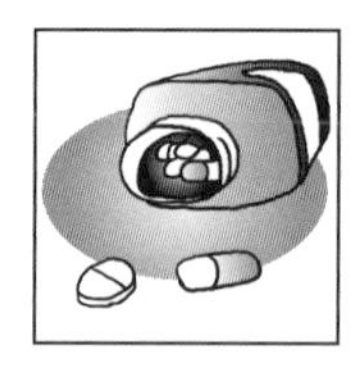

0 **薬** 藥

すり

ku. su. ri

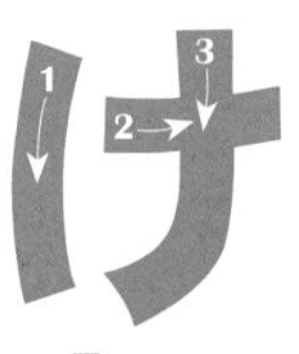

ke

0 **煙** 煙

むり

ke. mu.ri

0 **獣** 野獸

もの

ke. mo.no

0 3 **毛虫** 毛毛蟲

むし

ke. mu.shi

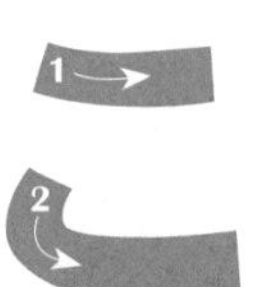

ko

1 **恋** 戀愛

い

ko. i

1 **声** 聲音

え

ko. e

3 2 **心** 心

ろ

ko. ko. ro

※小叮嚀：「き」也可以寫成「き」。

♪03

sa

1 **猿** 猴子

る

sa. ru

0 **魚** 魚

かな

sa. ka.na

2 **寒い** 寒冷的

むい

sa. mu. i

shi

2 **尻** 屁股

り

shi. ri

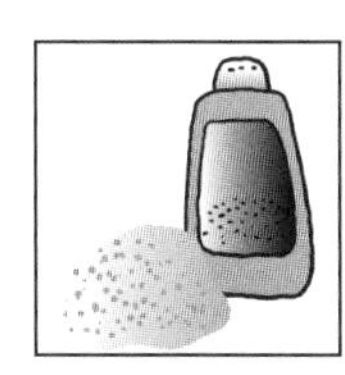

2 **塩** 鹽巴

お

shi. o

0 **幸せ** 幸福

あわせ

shi. a. wa.se

su

2 1 **寿司** 壽司

し

su. shi

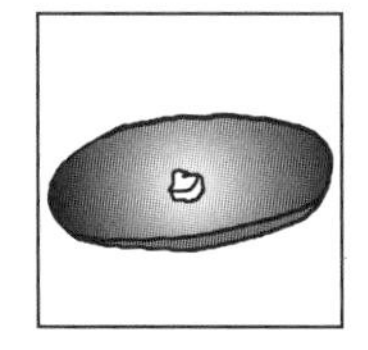

2 **少し** 一點點

こし

su. ko. shi

2 **好き** 喜歡

き

su. ki

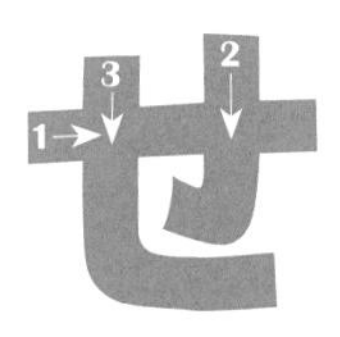

se

0 1 **背** 背部

se

2 **咳** 咳嗽

き

se. ki

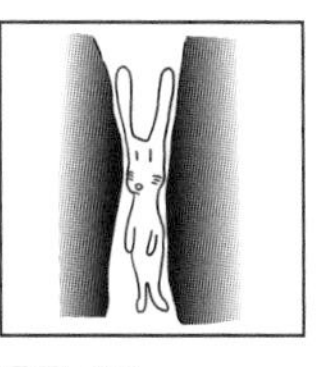

2 **狭い** 狹小的

まい

se. ma. i

so

0 **底** 底部

こ

so. ko

1 **外** 外面

と

so. to

1 **空** 天空

ら

so. ra

※小叮嚀：「さ」也可以寫成「さ」。另「そ」也可以寫成「そ」或「そ」。

練習 1 ：看圖說說看，並從A～I中找出相對應的日文單字。

例： E　　1. ＿＿　　2. ＿＿　　3. ＿＿　　4. ＿＿

例：

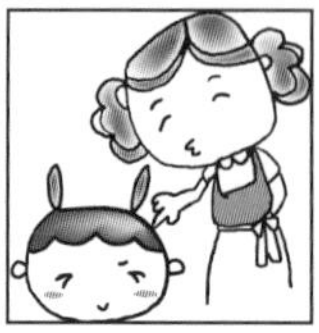

5. ＿＿　　6. ＿＿　　7. ＿＿　　8. ＿＿

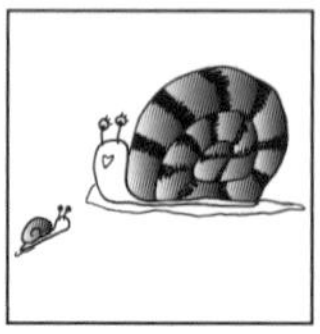

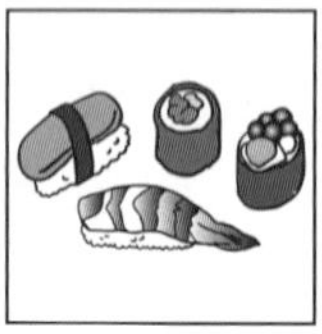

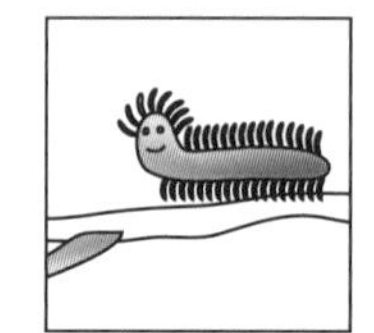

A. 遅(おそ)い　B. 牛(うし)　C. 頭(あたま)　D. 蟹(かに)　E. 駅(えき)　F. 猿(さる)　G. 寿司(すし)　H. 暑(あつ)い　I. 毛虫(けむし)

練習 2 ：讀出發音，並選出正確的平假名。

例：u　（う）、あ

1. shi	つ、し	2. i	こ、い	3. a	め、あ	4. ko	こ、た
5. ki	さ、き	6. ku	け、く	7. su	む、す	8. e	え、す
9. o	お、す	10. so	て、そ	11. ke	に、け	12. ka	か、こ

練習 3 ：讀出發音，並寫出正確的平假名。

例：i　い

1. ka		2. sa		3. o		4. a	
5. shi		6. ki		7. su		8. ke	
9. e		10. u		11. so		12. ku	
13. se		14. ko					

練習 4：唸唸看，並寫出正確的漢字。

例：あお　青

1. えき	2. かに	3. こころ	4. こい
5. さかな	6. しり	7. うし	8. うち
9. そと	10. あさ	11. え	12. こえ

練習 5：利用假名練習的單字，完成文字接龍遊戲。

例：	上（うえ）	➡	駅（えき）	➡	茸（きのこ）	➡	心（こころ）
1.	牛（うし）	➡		➡	遅い（おそい）	➡	
2.		➡	恋（こい）	➡		➡	今（いま）
3.	声（こえ）	➡		➡	木（き）	➡	

練習 6：連連看，並選出正確的漢字。

例：こい　.	. u.chi	(　　)	A. 家
1. うち　.	. so.to	(　　)	B. 背
2. そと　.	. ko.i	(G)	C. 毛虫
3. すき　.	. se	(　　)	D. 寒い
4. けむし　.	. su.ki	(　　)	E. 遅い
5. せ　.	. ke.mu.shi	(　　)	F. 外
6. おそい　.	. o.so.i	(　　)	G. 恋
7. うえ　.	. sa.mu.i	(　　)	H. 木
8. き　.	. u.e	(　　)	I. 好き
9. さむい　.	. ki	(　　)	J. 茸
10. きのこ　.	. ki.no.ko	(　　)	K. 上

❖ 哈日族迷你小學堂 1

東京必遊

必遊地點	電車名	下車站名
ディズニーリゾート 東京迪士尼樂園・東京迪士尼海洋世界	ＪＲ京葉線（ジェイアールけいようせん）	舞浜（まいはま）
築地市場（つきじしじょう） 築地市場	都営大江戸線（とえいおおえどせん）	築地市場（つきじしじょう）
浅草寺（せんそうじ） 淺草寺	銀座線（ぎんざせん）	浅草（あさくさ）
東京（とうきょう）タワー 東京鐵塔	日比谷線（ひびやせん）	広尾（ひろお）
東京（とうきょう）スカイツリー 晴空塔	東武伊勢崎線（とうぶいせさきせん）	東京（とうきょう）スカイツリー
恵比寿（えびす）ガーデンプレイス 惠比壽花園廣場	ＪＲ山手線（ジェイアールやまのてせん）	恵比寿（えびす）
六本木（ろっぽんぎ）ヒルズ 六本木之丘	都営大江戸線（とえいおおえどせん）	六本木（ろっぽんぎ）
三鷹（みたか）の森（もり）ジブリ美術館（びじゅつかん） 三鷹之森吉卜力美術館	ＪＲ中央線（ジェイアールちゅうおうせん）	三鷹（みたか）
サンシャインシティ 太陽城	ＪＲ山手線（ジェイアールやまのてせん）	池袋（いけぶくろ）
相田（あいだ）みつを美術館（びじゅつかん） 相田MITSUO美術館	ＪＲ山手線（ジェイアールやまのてせん）	有楽町（ゆうらくちょう）
出光美術館（いでみつびじゅつかん） 出光美術館	ＪＲ山手線（ジェイアールやまのてせん）	有楽町（ゆうらくちょう）

可參考網站：

日本振興観光協会：http://www.nihon-kankou.or.jp/home/

日本政府観光局（JNTO）：http://www.jnto.go.jp/jpn/

京都必遊

必遊地點	特色
清水寺（きよみずでら）	清水斷崖；世界遺產；十一面千手觀音
地主神社（じしゅじんじゃ）	戀愛神社；戀愛占卜石
三十三間堂（さんじゅうさんげんどう）	1001尊觀音像
東寺（とうじ）	五重塔（京都明信片上的相片都是這個地點喔！）
京都御苑（きょうとぎょえん）	賞櫻勝地
祇園（ぎおん）	祇園祭；藝妓；舞孃
哲学の道（てつがくのみち）	賞楓
平安神宮（へいあんじんぐう）	應天門；賞花名所
龍安寺（りょうあんじ）	枯山水庭園
金閣寺（きんかくじ）	建築物；鏡湖池
西芳寺（さいほうじ）	苔庭園
広隆寺（こうりゅうじ）	京都最古老的寺廟
嵐山（あらしやま）	渡月橋；三輪人力車；小火車（トロッコ列車（れっしゃ））；泛舟（保津川下り（ほづがわくだり））
仁和寺（にんなじ）	孔雀明王像
貴船神社（きふねじんじゃ）	雪景
天竜寺（てんりゅうじ）	大方丈本殿；曹源池

可參考網站：

京都府観光案内：http://www.kyoto-kankou.or.jp

京都市観光協会：http://www.kyokanko.or.jp/

♪04

ta

1 **蛸** 章魚

こ

ta. ko

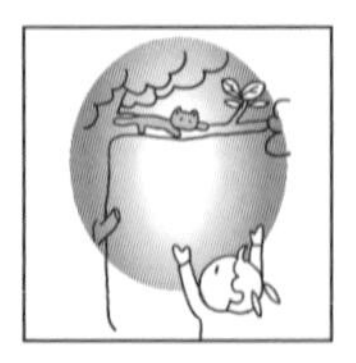

2 **高い** 高的

かい

ta. ka. i

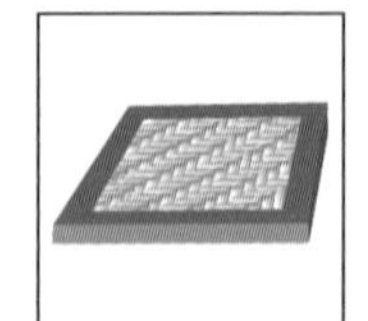

0 **畳** 榻榻米

み

ta. ta. mi

chi

2 1 **父** 爸爸

chi. chi

2 **近い** 近的

かい

chi. ka. i

0 **地下鉄** 地下鐵

かてつ

chi. ka. te. tsu

tsu

0 **津波** 海嘯

なみ

tsu. na. mi

0 **机** 桌子

くえ

tsu. ku.e

0 3 **冷たい** 冷的

めたい

tsu. me. ta. i

te

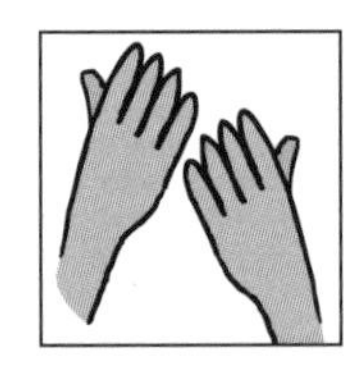

1 **手** 手

te

2 0 **寺** 寺廟

ら

te. ra

1 **天気** 天氣

んき

te. n. ki

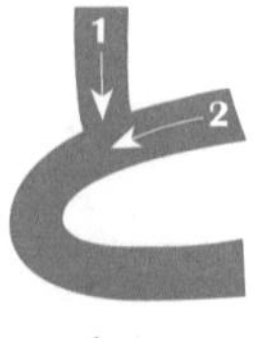

to

0 **虎** 老虎

ら

to. ra

0 **鳥** 鳥

り

to. ri

2 **年** 年紀

し

to. shi

♪05

na

2 **夏** 夏天
つ
na. tsu

1 **茄子** 茄子
す
na. su

2 0 **梨** 梨子
し
na. shi

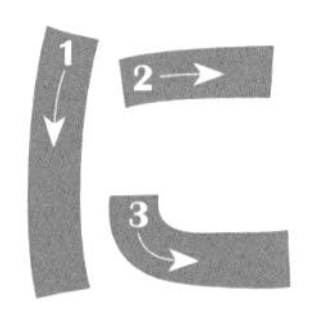

ni

2 **肉** 肉
く
ni. ku

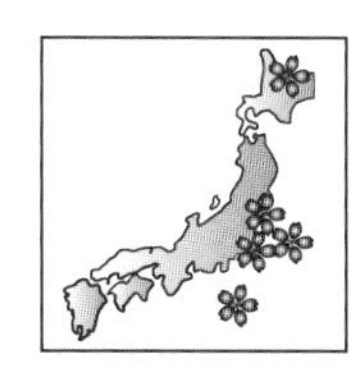

2 **日本** 日本
ほん
ni. ho.n

0 **人気** 受歡迎
んき
ni. n. ki

nu

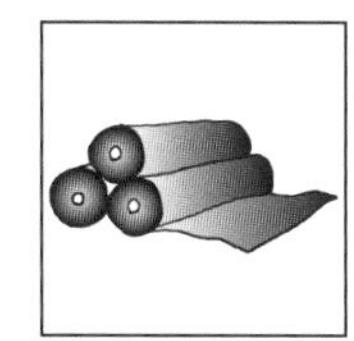

0 **布** 布
の
nu. no

2 **犬** 狗
い
i. nu

2 **温い** 溫的
るい
nu. ru. i

ne

1 **猫** 貓
こ
ne. ko

2 **熱** 發燒
つ
ne. tsu

0 2 **眠い** 想睡覺的
むい
ne. mu. i

no

2 **海苔** 海苔
り
no. ri

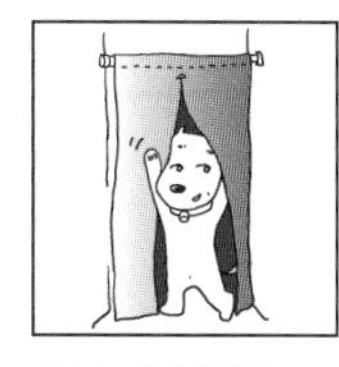

0 **暖簾** 門簾
れん
no. re. n

3 2 **飲み物** 飲料
みも
no. mi. mo. no

♪ 06

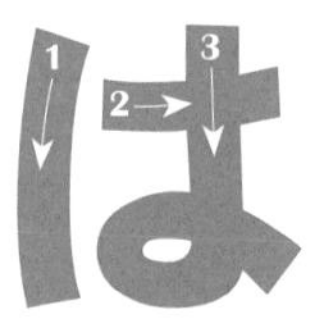

ha

1 **母** 媽媽

　 (ha)(ha)

ha. ha

1 **春** 春天

　 る

ha. ru

2 **速い** 快的

　 やい

ha. ya. i

hi

0 **暇** 閒暇

　 ま

hi. ma

2 **昼** 中午

　 る

hi. ru

2 **広い** 寬的

　 ろい

hi. ro. i

fu

2 **冬** 冬天

　 ゆ

fu. yu

3 **二人** 兩個人

　 たり

fu. ta. ri

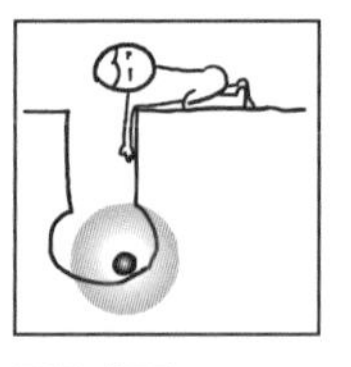

2 **深い** 深的

　 かい

fu. ka. i

he

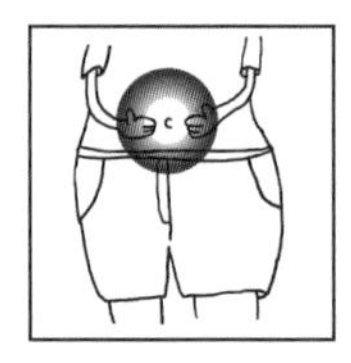

0 **臍** 肚臍

　 そ

he. so

2 **部屋** 房間

　 や

he. ya

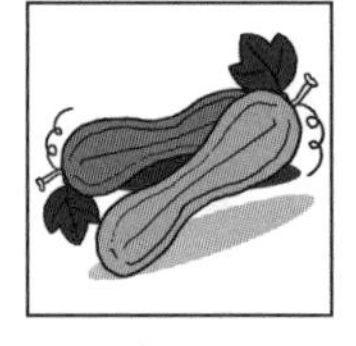

0 **糸瓜** 絲瓜

　 ちま

he. chi.ma

ho

0 **星** 星星

　 し

ho. shi

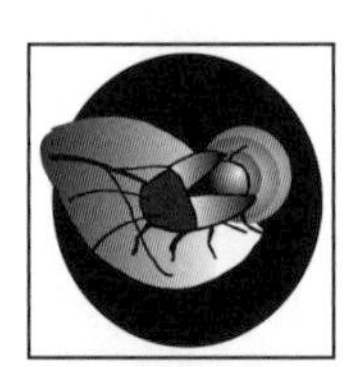

1 **蛍** 螢火蟲

　 たる

ho. ta. ru

1 **本** 書

　 ん

ho. n

練習 7：看圖說說看，並從A～I 中找出相對應的日文單字。

例：E　1. ＿＿　2. ＿＿　3. ＿＿　4. ＿＿

例：

5. ＿＿　6. ＿＿　7. ＿＿　8. ＿＿

A. 虎（とら）　B. 猫（ねこ）　C. 鳥（とり）　D. 蛸（たこ）　E. 駅（えき）　F. 蛍（ほたる）　G. 父（ちち）　H. 母（はは）　I. 星（ほし）

練習 8：讀出發音，並選出正確的平假名。

例：u　㋒、あ

1. ta　な、た	2. he　へ、し	3. ne　ね、れ	4. tsu　つ、し
5. ni　け、に	6. nu　ぬ、あ	7. chi　ち、さ	8. ha　は、ほ
9. hi　ひ、ほ	10. fu　ね、ふ	11. no　の、そ	12. te　そ、て

練習 9：讀出發音，並寫出正確的平假名。

例：i　い

1. ta	2. no	3. ni	4. te
5. ha	6. hi	7. na	8. he
9. chi	10. ne	11. tsu	12. fu
13. nu	14. ho		

練習10：唸唸看，並寫出正確的漢字。

例：あお　青

1. とら	2. はは	3. ちち	4. はる
5. にく	6. なつ	7. ほん	8. ほし
9. なす	10. ふゆ	11. ねこ	12. へや

練習11：連連看，並選出正確的漢字。

例：こい	ne.ko	(　　)	A. 母
1. ねこ	ho.shi	(　　)	B. 部屋
2. ぬの	ko.i	(G)	C. 津波
3. はは	he.ya	(　　)	D. 猫
4. ほし	ha.ha	(　　)	E. 蛸
5. ちかてつ	tsu.na.mi	(　　)	F. 星
6. へや	ta.ko	(　　)	G. 恋
7. つなみ	nu.no	(　　)	H. 地下鉄
8. たこ	tsu.ku.e	(　　)	I. 春
9. つくえ	chi.ka.te.tsu	(　　)	J. 布
10. はる	ha.ru	(　　)	K. 机

練習12：縱橫字謎：請圈出下列單字所在位置。

と	け	い	し
お	さ	あ	ち
い	す	か	に
こ	い	し	な

例：さかな 魚

1. ちかい 近い	7. あし 足
2. いす 椅子	8. あい 愛
3. かに 蟹	9. あさ 朝
4. こい 恋	10. しち 七
5. あか 赤	11. けさ 今朝
6. すし 寿司	12. あす 明日

❖ 哈日族迷你小學堂 2

山手線一日遊

路線圖

外循環路線：品川駅 → 新宿駅 → 池袋駅 → 田端駅 → 上野駅 → 東京駅 → 品川駅方面

內循環路線：品川駅 → 東京駅 → 上野駅 → 田端駅 → 池袋駅 → 新宿駅 → 品川駅方面

站名	著名景點
品川駅（しながわえき）	
大崎駅（おおさきえき）	
五反田駅（ごたんだえき）	
目黒駅（めぐろえき）	
恵比寿駅（えびすえき）	恵比寿（えびす）ガーデンプレイス 惠比壽花園廣場
渋谷駅（しぶやえき）	１０９（いちまるきゅう） 澀谷109大樓・ＮＨＫ（エヌエイチケイ）放送（ほうそう）センター NHK放送電台 電力館（でんりょくかん） 電力館・たばこと塩（しお）の博物館（はくぶつかん） 香菸與鹽的博物館 SIBUYA SKY
原宿駅（はらじゅくえき）	表参道（おもてさんどう） 表參道・明治神宮（めいじじんぐう） 明治神宮
代々木駅（よよぎえき）	代々木公園（よよぎこうえん） 代代木公園
新宿駅（しんじゅくえき）	歌舞伎町（かぶきちょう） 歌舞伎町・東京都庁（とうきょうとちょう） 東京都廳・新宿御苑（しんじゅくぎょえん） 新宿御苑
新大久保駅（しんおおくぼえき）	
高田馬場駅（たかだのばばえき）	早稲田大学（わせだだいがく） 早稻田大學
目白駅（めじろえき）	
池袋駅（いけぶくろえき）	サンシャイン６０（ろくじゅう） 太陽城60
大塚駅（おおつかえき）	都電荒川線（とでんあらかわせん） 都電荒川線
巣鴨駅（すがもえき）	とげぬき地蔵（じぞう） 延命地藏菩薩
駒込駅（こまごめえき）	六義園（りくぎえん） 六義園
田端駅（たばたえき）	

站名	著名景點
西日暮里駅（にしにっぽりえき）	
日暮里駅（にっぽりえき）	**日暮里（にっぽり）・舎人（とねり）ライナー** 日暮里・舍人線・**谷中銀座（やなかぎんざ）** 谷中銀座
鶯谷駅（うぐいすだにえき）	
上野駅（うえのえき）	**アメ横（よこ）** 阿美橫・**上野公園（うえのこうえん）** 上野公園
御徒町駅（おかちまちえき）	**多慶屋（たけや）** 多慶屋
秋葉原駅（あきはばらえき）	**秋葉原電気屋街（あきはばらでんきやがい）** 秋葉原電器街・**メイド喫茶（きっさ）** 女僕咖啡
神田駅（かんだえき）	**神田古書店街（かんだこしょてんがい）** 神田舊書店街
東京駅（とうきょうえき）	**皇居（こうきょ）** 皇居・**赤（あか）レンガの駅舎（えきしゃ）** 紅磚瓦車站
有楽町駅（ゆうらくちょうえき）	**銀座（ぎんざ）** 銀座
新橋駅（しんばしえき）	**ゆりかもめ** 百合海鷗號・**お台場（だいば）** 台場
浜松町駅（はままつちょうえき）	**浜離宮恩賜庭園（はまりきゅうおんしていえん）** 浜離宮恩賜庭園
田町駅（たまちえき）	
高輪（たかなわ）ゲートウェイ駅（えき）	

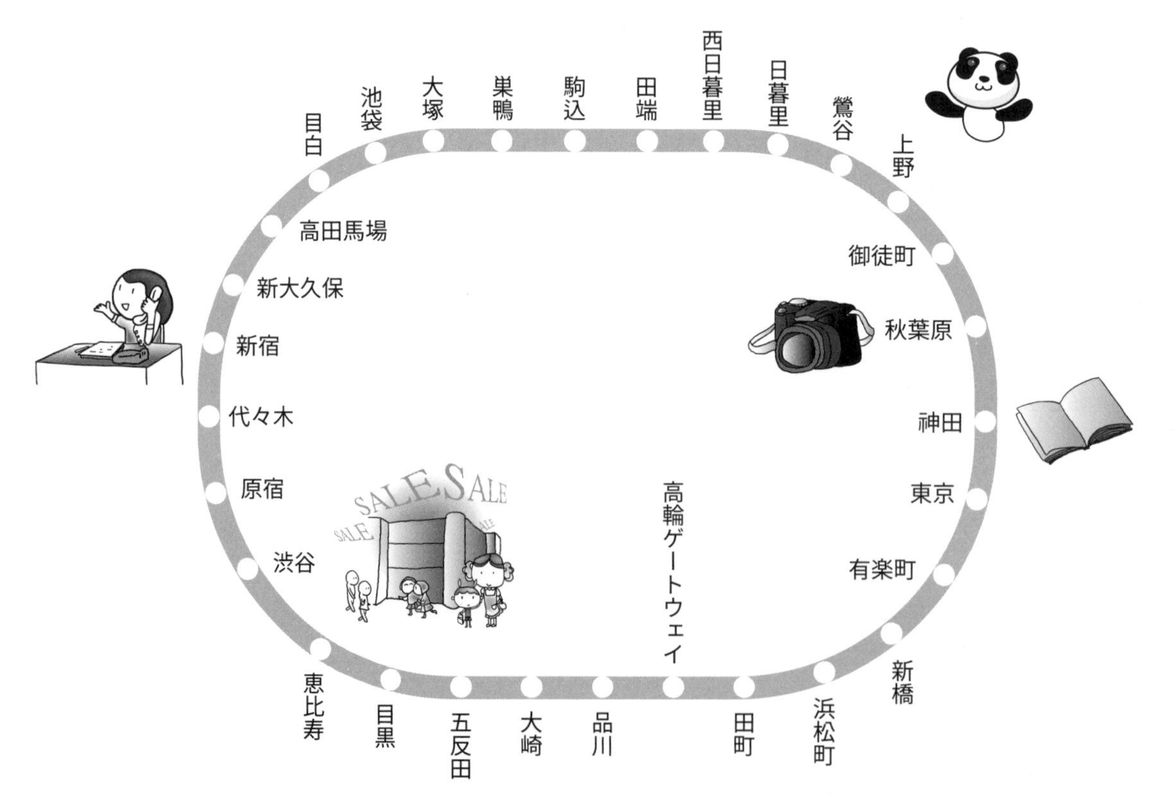

♪07

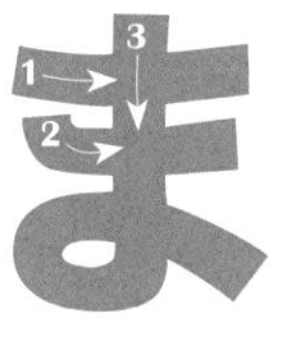

ma

1 **前** 前面
え
ma. e

2 **豆** 豆子
め
ma.me

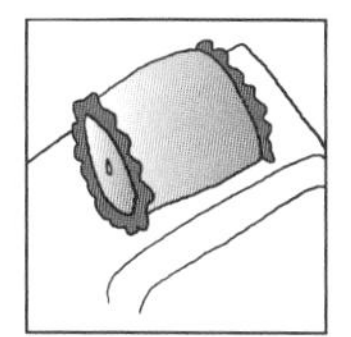

1 **枕** 枕頭
くら
ma. ku.ra

mi

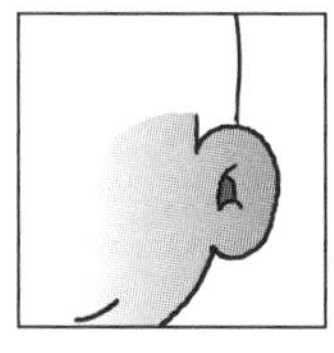

2 **耳** 耳朵
mi. mi

2 **店** 商店
せ
mi. se

3 **味噌汁** 味噌湯
そしる
mi. so. shi.ru

mu

0 **虫** 蟲子
し
mu.shi

2 **胸** 胸部
ね
mu. ne

3 **娘** 女兒
すめ
mu.su.me

me

1 **目** 眼睛
me

1 **雨** 雨
あ
a. me

2 **夢** 夢
ゆ
yu.me

mo

0 **桃** 桃子
mo. mo

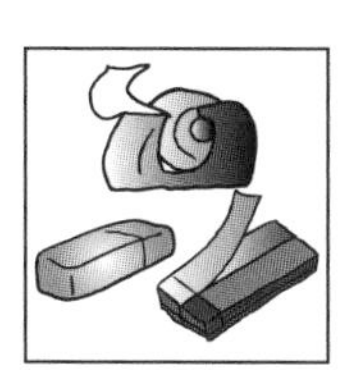

2 0 **物** 東西
の
mo. no

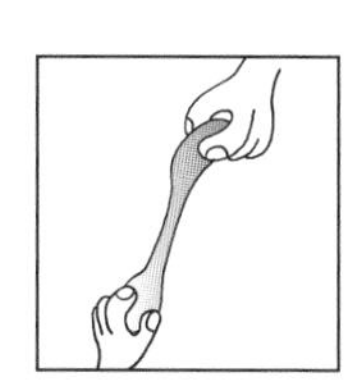

0 **餅** 麻糬
ち
mo. chi

♪08

ya

0 八百屋 蔬菜店

お

ya. o. ya

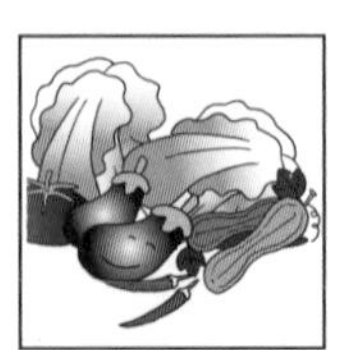

0 野菜 蔬菜

さい

ya. sa. i

2 安い 便宜

すい

ya. su. i

yu

1 湯 熱水

yu

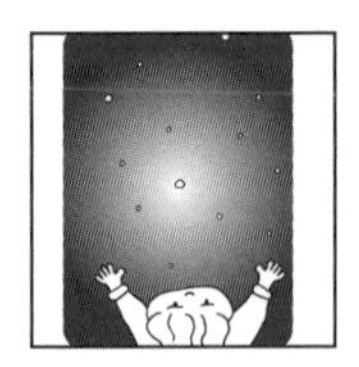

2 雪 雪

き

yu. ki

0 浴衣 浴衣

かた

yu. ka. ta

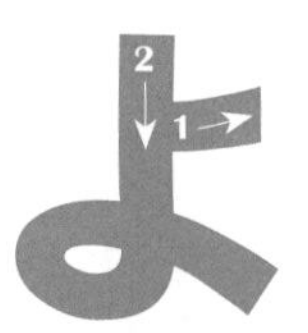

yo

1 夜 夜晚

る

yo. ru

1 良い 好的

い

yo. i

0 夜店 夜市

みせ

yo. mi. se

♪09

ra

0 **暮し** 生活	2 **楽** 輕鬆	0 2 **辛い** 辛苦的
く　し	く	つ　い
ku. ra. shi	ra. ku	tsu. ra. i

ri

	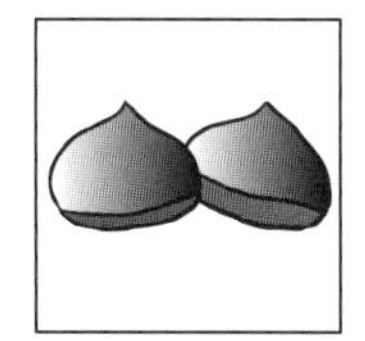	
1 **栗鼠** 松鼠	2 **栗** 栗子	0 **蟻** 螞蟻
す	く	あ
ri. su	ku. ri	a. ri

ru

		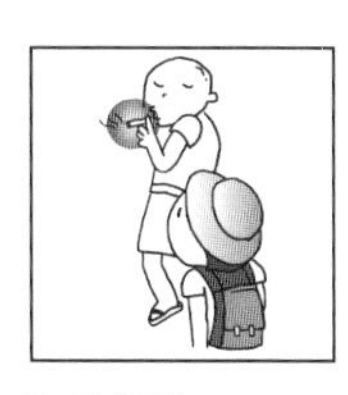
1 **留守** 留守；不在家	0 **軽い** 輕的	2 **悪い** 不好的
す	か　い	わ　い
ru. su	ka. ru. i	wa. ru. i

re

1 **列** 隊伍	1 **彼** 他；男朋友	0 **歴史** 歷史
つ	か	きし
re. tsu	ka. re	re. ki. shi

ro

		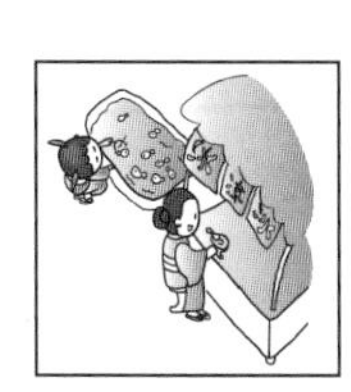
2 **六** 六	2 1 **風呂** 浴缸	0 **露店** 攤販
く	ふ	てん
ro. ku	fu. ro	ro. te. n

♪10

wa

0 **私** 我
**　たし**
wa. ta. shi

2 **若い** 年輕的
**　かい**
wa. ka. i

0 **若者** 年輕人
**　かもの**
wa. ka. mo. no

o

手（て）　洗（あら）う
洗手
te o a.ra.u

お酒（さけ）　飲（の）む
喝酒
o.sa.ke o no.mu

本（ほん）　読（よ）む
看書
ho.n o yo.mu

n

1 **本** 書本
**ほ　**
ho. n

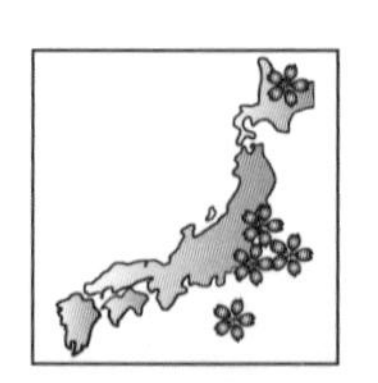

2 **日本** 日本
**にほ　**
ni. ho. n

0 **温泉** 溫泉
**お　せ　**
o. n. se. n

※小叮嚀：「を」的羅馬拼音有時候也會寫成「**wo**」，但是發音仍然唸成「**o**」。

練習13：看圖說說看，並從A～I中找出相對應的日文單字。

例： E　　1. ＿＿　　2. ＿＿　　3. ＿＿　　4. ＿＿

例：

5. ＿＿　　6. ＿＿　　7. ＿＿　　8. ＿＿

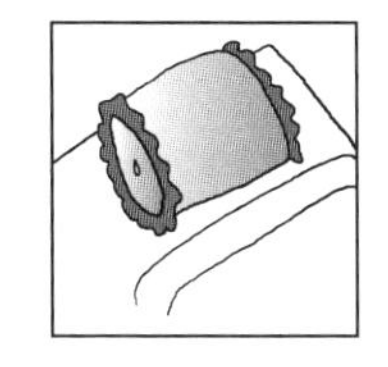

A. 枕（まくら）　B. 桃（もも）　C. 餅（もち）　D. 目（め）　E. 駅（えき）　F. 雪（ゆき）　G. 栗鼠（りす）　H. 風呂（ふろ）　I. 本（ほん）

練習14：讀出發音，並選出正確的平假名。

例：u　（う）、あ

1. ma	も、ま	2. ya	せ、や	3. ra	ら、ち	4. mo	も、ま
5. ri	い、り	6. me	ぬ、め	7. re	れ、わ	8. mi	み、む
9. mu	す、む	10. yo	ゆ、よ	11. ru	ろ、る	12. yu	ゆ、を

練習15：讀出發音，並寫出正確的平假名。

例：i　い

1. ra		2. ya		3. ru		4. mo	
5. ro		6. mu		7. yu		8. mi	
9. wo		10. re		11. wa		12. ri	
13. yo		14. me					

練習16：唸唸看，並寫出正確的漢字。

例：あお　青

1. め		2. よる		3. ゆき		4. ふろ	
5. るす		6. ろく		7. れつ		8. まえ	
9. ほん				10. おんせん			
11. やおや				12. あめ			

練習17：連連看，並選出正確的漢字。

例：にほん .	. mo.mo	(　　)	A. 歷史
1. もも .	. re.ki.shi	(　　)	B. 私
2. わたし .	. ni.ho.n	(G)	C. 夜店
3. やさい .	. mo.chi	(　　)	D. 野菜
4. れきし .	. ma.ku.ra	(　　)	E. 餅
5. るす .	. ya.sa.i	(　　)	F. 桃
6. よみせ .	. wa.ta.shi	(　　)	G. 日本
7. まくら .	. yu.ki	(　　)	H. 留守
8. もち .	. yo.mi.se	(　　)	I. 雪
9. ゆき .	. ru.su	(　　)	J. 枕
10. ふろ .	. fu.ro	(　　)	K. 風呂

練習18：填出下列各行假名的正確順序。

例：	あ	➡	い	➡	う	➡	え	➡	お
1.		➡		➡	ゆ	➡		➡	
2.	ら	➡		➡		➡	れ	➡	
3.		➡	み	➡		➡		➡	も

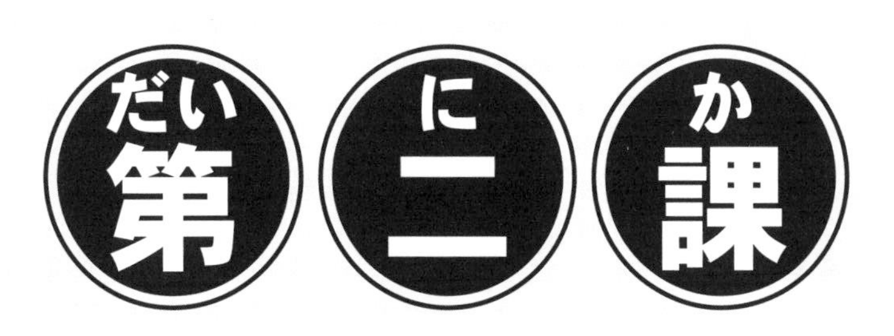

平仮名（ひらがな）——濁音（だくおん）・半濁音（はんだくおん）

◎學習目標

平假名的濁音、半濁音的寫法及發音方式。

❖ 濁音（だくおん）

學會了日文清音之後，接下來是日文濁音的練習。日文的濁音只有四行，是在原本清音的「か」、「さ」、「た」、「は」這四行的右上角加上「 ˝ 」，標注方式是從左上往右下點下來，成為「が」、「ざ」、「だ」、「ば」四行，總共二十個字。

清音

濁音

♪11

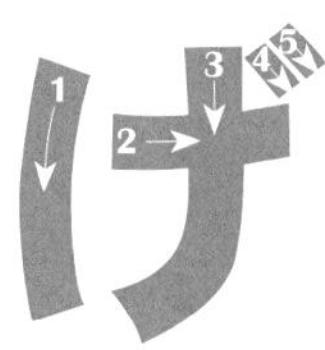

ga gi gu ge go

0 漫画 漫畫
まん＿＿
ma.n. ga

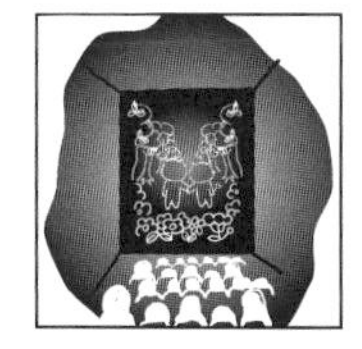

1 0 映画 電影
えい＿＿
e. i. ga

2 お握り 飯糰
おに＿＿り
o. ni. gi. ri

0 兎 兔子
うさ＿＿
u. sa. gi

0 鰻 鰻魚
うな＿＿
u. na. gi

1 河豚 河豚
ふ＿＿
fu. gu

1 元気 元氣
＿＿んき
ge. n. ki

0 お土産 土產
おみや＿＿
o. mi.ya. ge

0 日本語 日語
にほん＿＿
ni. ho.n. go

♪12

ざ  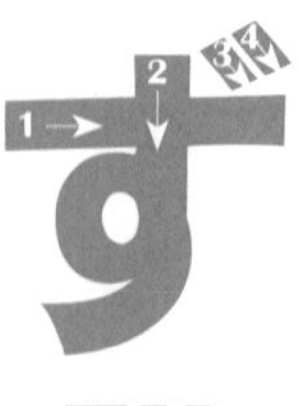  

za　ji　zu　ze　zo

3 残念 遺憾
＿んねん
za. n. ne. n

0 鯨 鯨魚
く＿ら
ku. ji. ra

1 紅葉 楓葉
もみ＿
mo. mi. ji

0 鼠 老鼠
ね＿み
ne. zu. mi

0 水 水
み＿
mi. zu

0 風邪 感冒
か＿
ka. ze

1 家族 家人
か＿く
ka. zo. ku

♪13

da

ji

zu

de

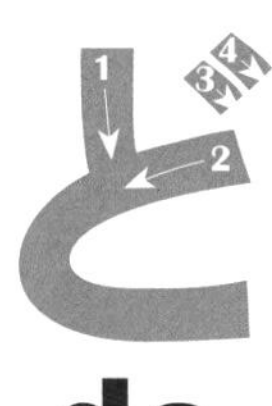

do

0 友達 朋友
とも　ち
to. mo. da.chi

2 果物 水果
く　もの
ku. da. mo.no

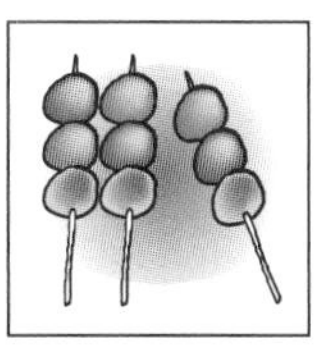

0 団子 丸子
**　んご**
da. n. go

0 鼻血 鼻血
**はな　**
ha.na. ji

2 小遣い 零用錢
おこ　かい
o. ko. zu.ka. i

0 電話 電話
**　んわ**
de. n. wa

0 子供 小孩子
こ　も
ko. do. mo

1 何処 哪裡
**　こ**
do. ko

♪14

 び   

ba　bi　bu　be　bo

1 **蕎麦** 蕎麥麵
そ
so. ba

1 **馬鹿** 笨蛋
か
ba. ka

1 **花火** 煙火
はな
ha.na. bi

0 **恋人** 戀人
こい　と
ko. i. bi. to

0 **豚** 豬
た
bu. ta

1 **便利** 方便
んり
be. n. ri

1 **祖母** 奶奶
そ
so. bo

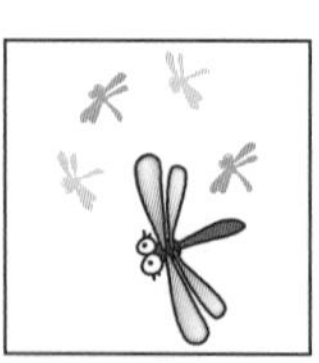

0 **蜻蛉** 蜻蜓
とん
to. n. bo

❖ 半濁音（はんだくおん）

日文的半濁音只有一行，是在原本清音的「は」這一行的右上角加上「゜」，總共五個字母。

清音

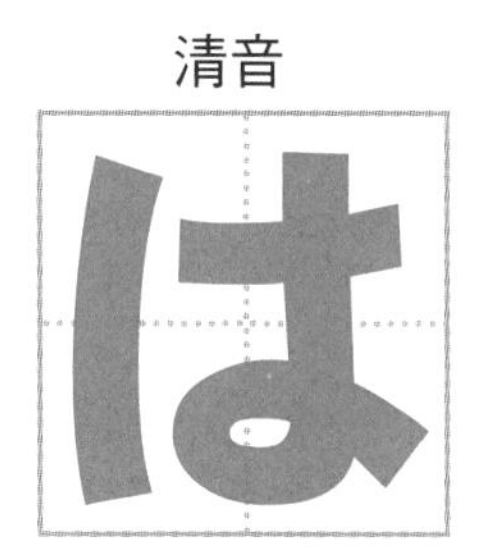

濁音

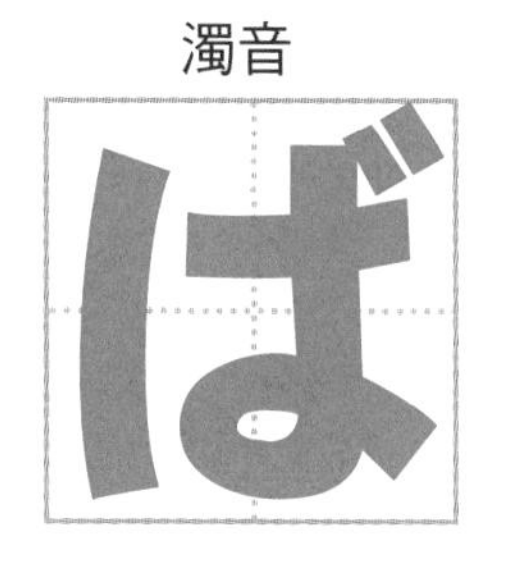

半濁音

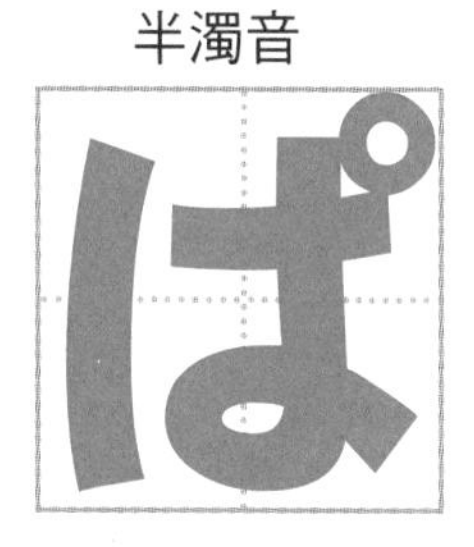

♪15

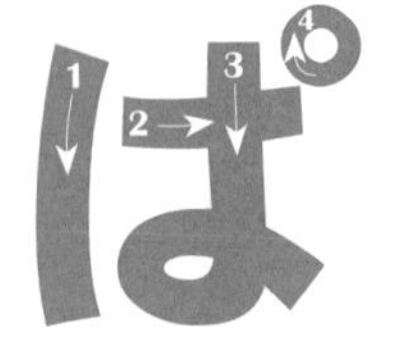    

pa　pi　pu　pe　po

0 **先輩** 前輩
せん　い
se. n. pa. i

0 **乾杯** 乾杯
かん　い
ka. n. pa. i

0 **心配** 擔心
しん　い
shi. n. pa. i

0 **鉛筆** 鉛筆
えん　つ
e. n. pi. tsu

0 **天婦羅**
天婦羅（油炸食物）
てん　ら
te. n. pu. ra

0 **完璧** 完美
かん　き
ka. n. pe. ki

1 0 咕嚕咕嚕
**　こ　こ**
pe. ko. pe. ko

0 **散歩** 散步
さん
sa. n. po

1 熱呼呼
**　か　か**
po. ka. po. ka

練習1：看圖說說看，並A～I中找出相對應的日文單字。

例：E　1.　2.　3.　4.

5.　6.　7.　8.

A. 紅葉（もみじ）　B. 鼠（ねずみ）　C. 兎（うさぎ）　D. 鯨（くじら）　E. 駅（えき）　F. 祖母（そぼ）　G. 蕎麦（そば）　H. 豚（ぶた）　I. 鉛筆（えんぴつ）

練習2：看例題，填出下列各行假名的正確順序。

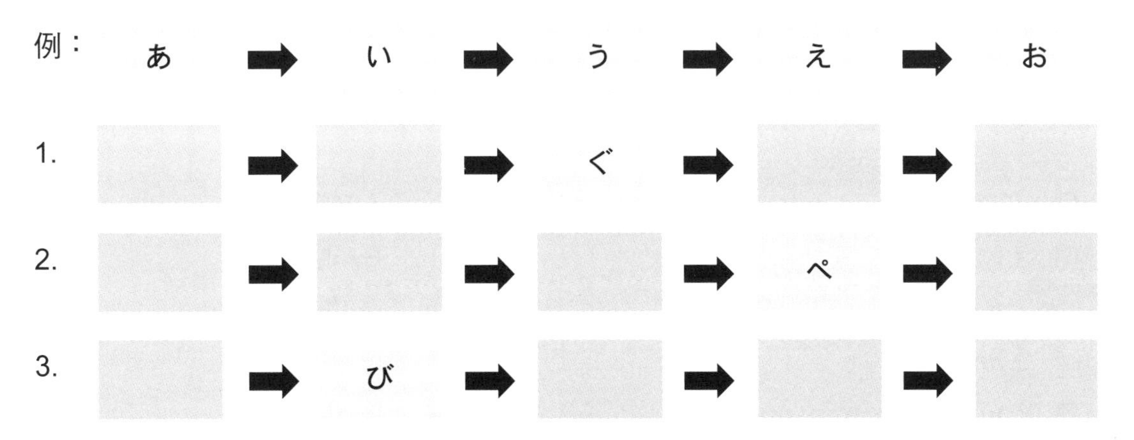

練習3：讀出發音，並選出正確的平假名。

例：u　（う）、あ

1. gi　ざ、ぎ	2. da　だ、ぢ	3. ji　じ、づ	4. go　ご、だ
5. za　ざ、ぎ	6. pe　ぺ、べ	7. be　べ、ぺ	8. pi　ぴ、び
9. do　と、ど	10. zo　そ、ぞ	11. zu　ず、ば	12. bu　ぶ、び

練習4：讀出發音，並寫出正確的平假名。

例：i　い

1. ga	2. da	3. gi	4. bo
5. po	6. zu	7. gu	8. bi
9. pi	10. ge	11. ze	12. de
13. go	14. zo		

練習5：唸唸看，並寫出正確的漢字。

例：あお　青

1. でんわ	2. そぼ	3. うさぎ
4. さんぽ	5. しんぱい	6. せんぱい
7. もみじ	8. かんぱい	9. ぶた
10. こども	11. くだもの	12. はなび

練習6：連連看，並選出正確的漢字。

例：にほん .	. se.n.pa.i	(　　)	A. 電話
1. えいが .	. e.i.ga	(　　)	B. 馬鹿
2. でんわ .	. ni.ho.n	(G)	C. 先輩
3. さんぽ .	. sa.n.po	(　　)	D. 花火
4. てんぷら .	. ba.ka	(　　)	E. 天婦羅
5. くじら .	. de.n.wa	(　　)	F. 鼠
6. ばか .	. ku.ji.ra	(　　)	G. 日本
7. ねずみ .	. ha.na.bi	(　　)	H. 鯨
8. かんぱい .	. ne.zu.mi	(　　)	I. 乾杯
9. はなび .	. te.n.pu.ra	(　　)	J. 散步
10. せんぱい .	. ka.n.pa.i	(　　)	K. 映画

ふくしゅうしょう

❖ 復習小テスト1

練習1：請順著五十音清音「あ」到「ん」的順序連連看。

練習2：連連看，並選出正確的漢字。

例：にほん .	. de.n.wa	(　　)	A. 桃
1. えいが .	. e.i.ga	(　　)	B. 乾杯
2. ほし .	. ni.ho.n	(G)	C. 花火
3. さんぽ .	. sa.n.po	(　　)	D. 茸
4. てんぷら .	. ho.shi	(　　)	E. 毛虫
5. でんわ .	. te.n.pu.ra	(　　)	F. 電話
6. くじら .	. ku.ji.ra	(　　)	G. 日本
7. はなび .	. ha.na.bi	(　　)	H. 鯨
8. かんぱい .	. ya.o.ya	(　　)	I. 蟹
9. たこ .	. ki.no.ko	(　　)	J. 映画
10. いぬ .	. yu.ki	(　　)	K. 温泉
11. やおや .	. ka.n.pa.i	(　　)	L. 天婦羅
12. きのこ .	. i.nu	(　　)	M. 星
13. けむし .	. ta.ko	(　　)	N. 桜
14. ゆき .	. to.ra	(　　)	O. 犬
15. とら .	. ke.mu.shi	(　　)	P. 八百屋
16. おんせん .	. o.n.se.n	(　　)	Q. 虎
17. ねこ .	. ka.ni	(　　)	R. 猫
18. かに .	. mo.mo	(　　)	S. 散歩
19. さくら .	. sa.ku.ra	(　　)	T. 雪
20. もも .	. ne.ko	(　　)	U. 蛸

練習3：寫出下列羅馬拼音所代表的平假名。

例：u う

1. ka	2. da	3. sa	4. go
5. he	6. e	7. to	8. mo
9. ko	10. ma	11. se	12. ni
13. ha	14. so	15. ta	16. nu
17. me	18. pe	19. bu	20. hi
21. re	22. ne	23. wa	24. ru

MEMO

❖ 認識PTK ♪16

為什麼日本人唸「あなた」聽起來卻像是唸「あなだ」？

其實，這是日本人在說日文時，不自覺地將某些單字中的「有氣音」轉為「無氣音」的結果。因為這樣子發音比較容易且不費力氣。此現象只發生在「ぱ（pa）行」、「た（ta）行」、「か（ka）行」的假名，當其位置出現在「促音後面」、或「在字中」或「在字尾」時，常會發音類似「ば（ba）行」、「だ（da）行」、「が（ga）行」，稱為「PTK規則」。

具體說明如下：

1.「 ぱ ぴ ぷ ぺ ぽ 」，當其位置在字中或字尾時，其發音類似
「 ば び ぶ べ ぼ 」。

例：せん[ぱ]い 先輩 ； えん[ぴ]つ 鉛筆 ； てん[ぷ]ら 天婦羅
きん[ぺ]ん 近辺 ； ぶん[ぽ]う 文法

2.「 た ち つ て と 」，當其位置在字中或字尾時，其發音類似
「 だ ぢ づ で ど 」。

例：あな[た] ； ぶ[た] 豚 ； おも[ち] お餅 ； ちかて[つ] 地下鉄
じ[て]んしゃ 自転車 ； きっ[て] 切手 ； さ[と]う 砂糖

3.「か」，當其位置在字中或字尾時，其發音類似「が」。
PS：「き」、「く」、「け」、「こ」不會有發音變化。

例：はつ[か] 二十日 ； よっ[か] 四日 ； すい[か] 西瓜

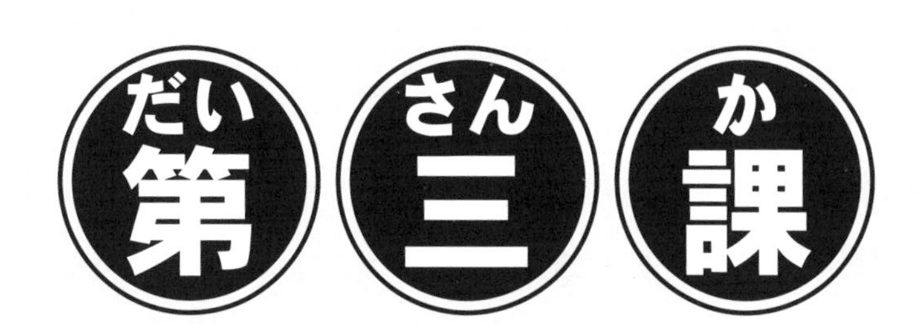

平仮名——促音・拗音・長音

◎學習目標

學會了平假名清音、濁音、半濁音的唸法及寫法之後，緊接著要學會的是日語中三個相當重要的發音規則，「促音」、「拗音」和「長音」。

そく おん
❖ 促音

促音，是將「つ」縮小為四分之一大小「っ」，寫在前一個假名的右下角，發音則是停一拍不發音。簡單而言，看到「っ」就是停一拍不發音即可。而促音只會出現在「か行」、「さ行」、「た行」、「ぱ行」的假名前面！

清音，非促音

促音

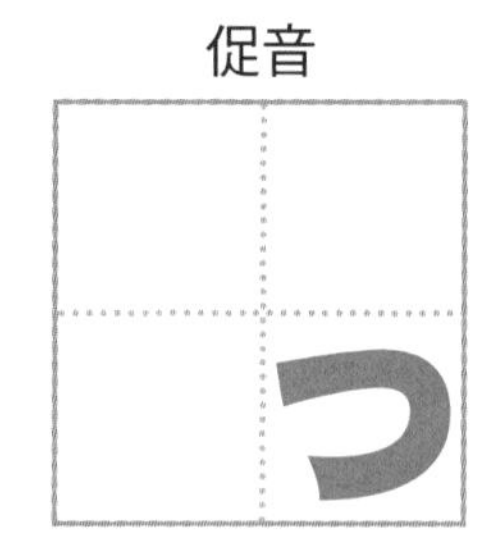

練習 1：寫寫看，「つ」要寫四分之一大小「っ」，位置要放對喔。 17

1. 0 きって 郵票
2. 0 きっぷ 票
3. 0 にっき 日記
4. 0 しっぱい 失敗
5. 3 すっぱい 酸的

練習 2：唸唸看，比較有無促音的差別。 18

1. 2 1 さか 坡 → 0 さっか 作家
2. 0 あさり 蛤蠣 → 3 あっさり 乾脆地
3. 2 おと 聲音 → 0 おっと 丈夫
4. 0 にし 西邊 → 0 にっし 日誌
5. 1 ぶか 部下 → 0 ぶっか 物價

練習 3：聽聽看，選出音檔所唸的正確單字。 19

例：② ①にし ②にっし ③につし

1. ①まくら ②まっくら ③まつくら
2. ①きて ②きって ③きつて
3. ①いち ②いっち ③いつち
4. ①ぶし ②ぶっし ③ぶつし
5. ①ねたい ②ねったい ③ねつたい
6. ①いか ②いっか ③いつか
7. ①とても ②とっても ③とつても
8. ①あさり ②あっさり ③あつさり
9. ①いき ②いっき ③いつき
10. ①ねこ ②ねっこ ③ねつこ

❖ 拗音（ようおん）

拗音，是將清音、濁音、半濁音所有的「い段音（き、し、ち、に、ひ、み、り、ぎ、じ、ぢ、び、ぴ）」分別和「や」、「ゆ」、「よ」所合成的一個字。當中「や」、「ゆ」、「よ」在書寫時，要縮小為四分之一大小成為「ゃ」、「ゅ」、「ょ」，位置寫於緊靠在前一個假名的右下角。兩個假名以拼音方式發音，只算一拍喔。

比較一下這幾組字拗音的大小：

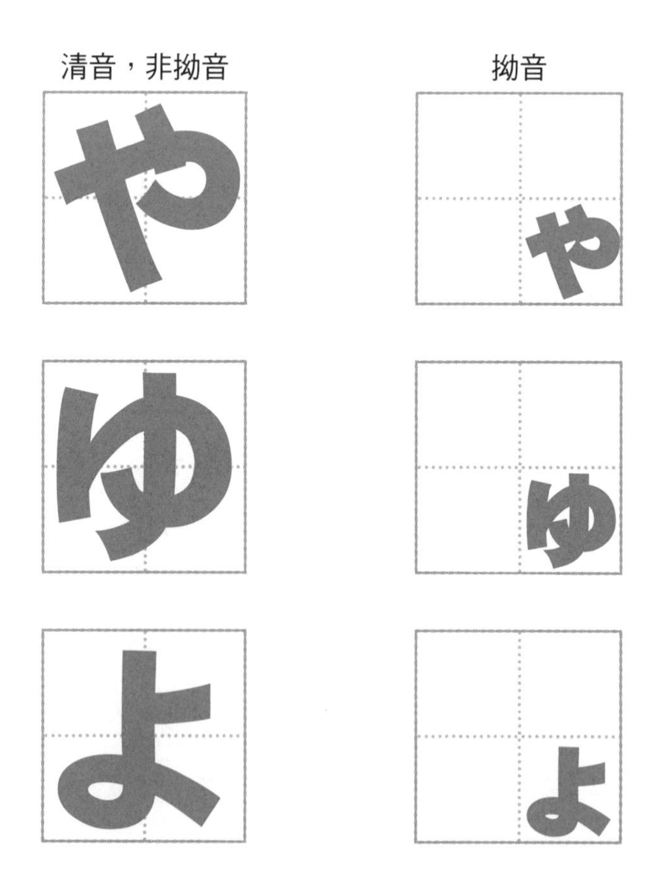

練習4：寫寫看：「ゃ」、「ゅ」、「ょ」要寫於前一個假名的右下角。♪20

きゃ kya		きゅ kyu		きょ kyo	
しゃ sha		しゅ shu		しょ sho	
ちゃ cha		ちゅ chu		ちょ cho	
にゃ nya		にゅ nyu		にょ nyo	
ひゃ hya		ひゅ hyu		ひょ hyo	
みゃ mya		みゅ myu		みょ myo	
りゃ rya		りゅ ryu		りょ ryo	
ぎゃ gya		ぎゅ gyu		ぎょ gyo	
じゃ ja		じゅ ju		じょ jo	
ぢゃ ja		ぢゅ ju		ぢょ jo	
びゃ bya		びゅ byu		びょ byo	
ぴゃ pya		ぴゅ pyu		ぴょ pyo	

練習5：唸唸看，比較有無拗音的差別。♪21

1. 0 いしや 石材店 ➡ 0 いしゃ 醫生
2. 0 きやく 規章 ➡ 0 きゃく 客人
3. 0 ひやく 飛躍 ➡ 2 ひゃく 一百
4. 0 おもちや 麻糬店 ➡ 2 おもちゃ 玩具
5. 1 りやく 功德 ➡ 2 1 りゃく 省略

練習6：聽聽看，選出音檔所唸的正確單字。♪22

例：②	①きゃ	②きゅ	③きょ
1.	①しゃ	②しゅ	③しょ
2.	①ちゃ	②ちゅ	③ちょ
3.	①にゃ	②にゅ	③にょ
4.	①ひゃ	②ひゅ	③ひょ
5.	①みゃ	②みゅ	③みょ
6.	①りゃ	②りゅ	③りょ
7.	①ぎゃ	②ぎゅ	③ぎょ
8.	①ぴゃ	②ぴゅ	③ぴょ
9.	①じゃ	②じゅ	③じょ
10.	①ひやく	②ひゃく	
11.	①きやく	②きゃく	
12.	①じゅう	②じょう	③じゆう
13.	①しゃぶしゃぶ	②しゅぶしゅぶ	③しょぶしょぶ
14.	①しゃっぱつ	②しゅっぱつ	③しょっぱつ
15.	①じしゃ	②じしゅ	③じしょ
16.	①おちゃ	②おちゅ	③おちょ
17.	①さんひゃく	②さんびゃく	③さんぴゃく

ちょうおん
❖ 長音 ♪23

長音，是將「あ、い、う、え、お」這五個假名的前一個假名發音拉長一倍，不管是清音、濁音、半濁音、拗音，只要其母音符合下表中的規則，就會發生長音現象。

規則整理如下表：

規則	例子		
あ段音（假名母音是 a）＋あ	おかあさん	o.ka.a.sa.n → o.ka.sa.n	媽媽
	きゃあ	kya.a → kya	尖叫聲
い段音（假名母音是i）＋い	おじいさん	o.ji.i.sa.n → o.ji.sa.n	爺爺
う段音（假名母音是u）＋う	すうじ	su.u.ji → su.ji	數字
	きゅう	kyu.u → kyu	九
え段音（假名母音是e）＋え	おねえさん	o.ne.e.sa.n → o.ne.sa.n	姊姊
＋い	とけい	to.ke.e → to.ke	手錶
お段音（假名母音是o）＋お	おおい	o.o.i → o.i	多的
＋う	おとうさん	o.to.o.sa.n → o.to.sa.n	爸爸
	べんきょう	be.n.kyo.o → be.n.kyo	唸書

練習7：寫寫看，根據規則填寫出下面＿＿中的假名。 ♪24

1.

2 おに＿＿さん　哥哥

2.

4 いも＿＿と　妹妹

3.

4 おと＿＿と　弟弟

4.

2 おば＿＿さん　奶奶

5.

0 3 おいし＿＿　好吃的

6.

3 せんせ＿＿　老師

7.

0 にんぎょ＿＿　娃娃

8.

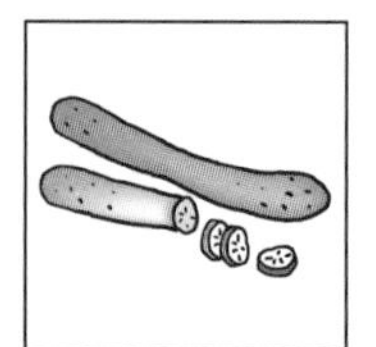

1 きゅ＿＿り　小黃瓜

9.

1 じゅ＿＿　十

10.

0 ちゅ＿＿しゃ　打針

練習8：唸唸看，比較有無長音的差別。 ♪25

1. 0	おじさん	叔伯舅	➡	2	おじいさん	爺爺
2. 0	おばさん	姑姨嬸	➡	2	おばあさん	奶奶
3. 2	ゆき	雪	➡	1	ゆうき	勇氣
4. 1	よじ	四點	➡	0	ようじ	有事
5. 2	へや	房間	➡	0	へいや	平原

練習9：聽聽看，選出音檔所唸的正確單字。 ♪26

例：	②	①おおじさん	②おじいさん	③おじさん
1.		①こうこう	②こうこ	③ここ
2.		①ゆうき	②ゆき	③ゆきい
3.		①よじ	②よじい	③ようじ
4.		①へや	②へいや	③へっや
5.		①りゆ	②りゆう	③りゅう
6.		①びょういん	②びゆういん	③びよういん
7.		①にやにや	②にゃあにゃあ	③にやあにやあ
8.		①くうこう	②くこう	③くうこ
9.		①すもう	②すうもう	③すっもう
10.		①せんせ	②せんせい	③せせい

MEMO

片仮名

（かたかな）

◎學習目標

片假名的清音、濁音、半濁音的寫法及發音方式。

❖ 片仮名（かたかな）

學完第一課到第三課，對於日文中的平假名發音、寫法以及發音規則，都有了一定程度了解之後，緊接著要學會片假名。

對學習者而言，應該都看過片假名，例如：電玩裡面、漫畫裡面、日本的商品名稱、或是包裝上的說明，都可以看到片假名的出現。

日文的片假名大約源於西元八百多年，當時正逢中國唐朝時期，日本派遣留學僧前往學習唐朝文化。由於唐朝佛教盛行，僧侶們為了將帶回的佛經發揚光大，於抄寫時簡化中國文字，因而形成了片假名。

那何時要用片假名來書寫呢？簡單來說，分為兩種情況，一是標示外來語時，例如英文中的camera這個字，以日文書寫時就以片假名「**カメラ**」（ka.me.ra）標示。一是要強調某些單字時，例如出現於日文漫畫中的擬聲語、擬態語就常用片假名標示。

❖ 片仮名(かたかな)——清音(せいおん)

不同於平假名是從草書演變而來，片假名是從楷書演變而來，所以片假名書寫時要求工整，相對而言是比較好書寫的。另外，片假名的「**片**」在日文中是一半的意思，例如「**イ**」是「**伊**」其中的一半，詳細演變請參考語源一覽表。

平假名清音

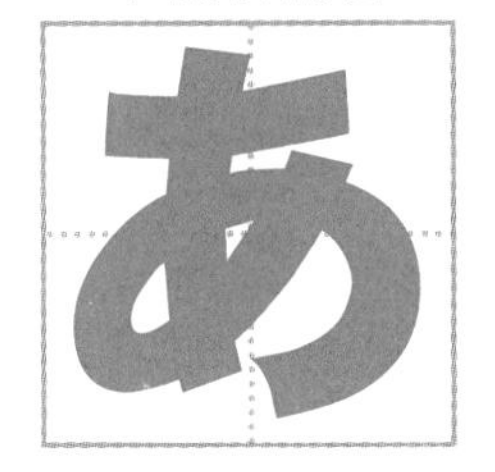

片假名清音

♪27

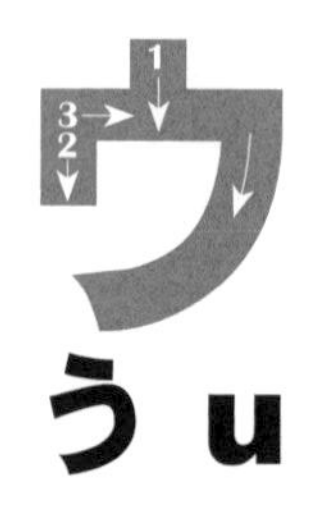
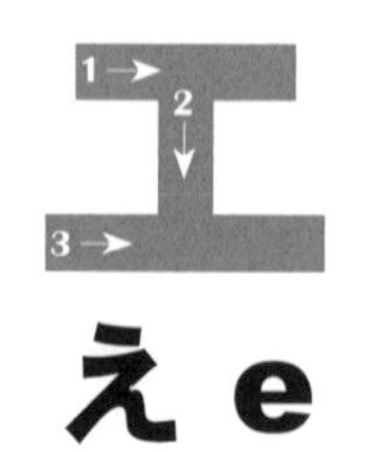
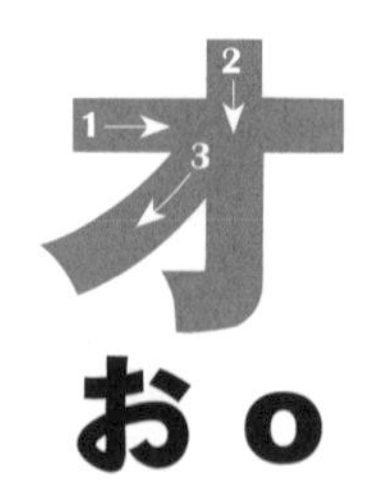

あ a　い i　う u　え e　お o

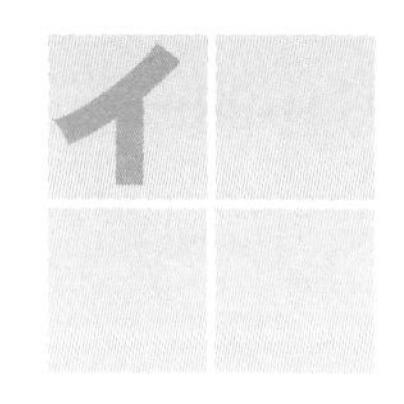

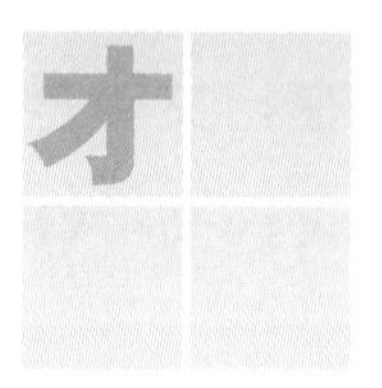

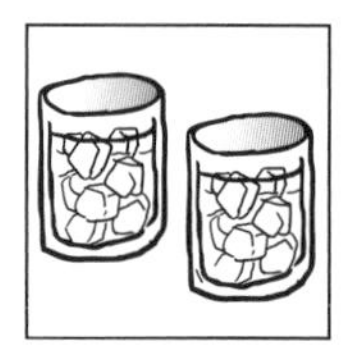

1 　イス
a. i. su
冰

1 0 　ニメ
a. ni. me
動畫

2 　エス
i. e. su
YES

1 ト　レ
to. i. re
廁所

1 サ　ナ
sa. u. na
三溫暖

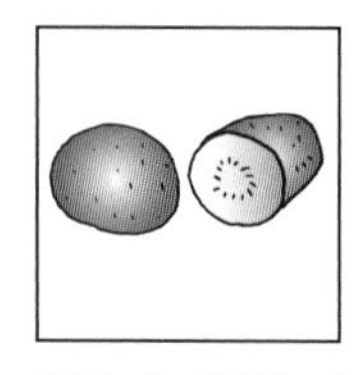

1 キ　イ
ki. u. i
奇異果

0 　アコン
e. a. ko. n
空調

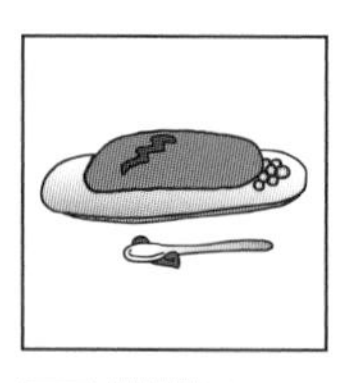

3 　ムライス
o. mu. ra. i. su
蛋包飯

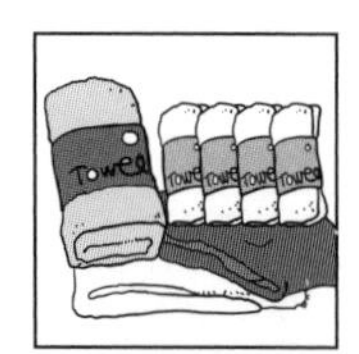

1 タ　ル
ta. o. ru
毛巾

0 ライ　ン
ra. i. o. n
獅子

28

カ キ   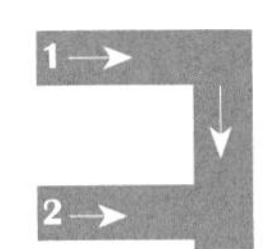

か ka　き ki　く ku　け ke　こ ko

カ   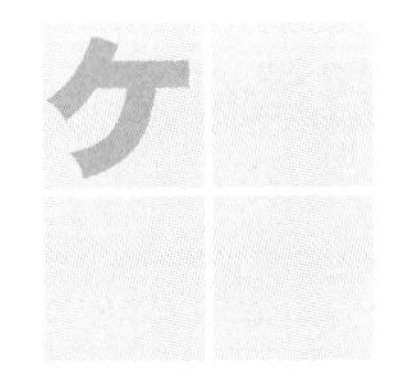 

1 　メラ
ka. me.ra
照相機

0 　ラオケ
ka. ra. o. ke
卡拉OK

1 　ス
ki. su
接吻

1 　ムチ
ki. mu.chi
韓國泡菜

1 ミル
mi. ru. ku
牛奶

1 　ラス
ku. ra. su
班級

1 　ーキ
ke. e. ki
蛋糕

1 　ース
ke. e. su
箱子

1 　アラ
ko. a. ra
無尾熊

1 2 　ア
ko. ko. a
可可亞

❖片仮名（かたかな）——長音（ちょうおん）

日文的發音規則，不只是發生在平假名，也會發生在片假名的單字上。首先介紹片假名的長音標記符號，橫寫是「ー」；直寫是「丨」。只要在單字中看到這個符號，發音方式為將前面的假名拉長一拍。

例：

♪29

サシスセソ

さ sa　し shi　す su　せ se　そ so

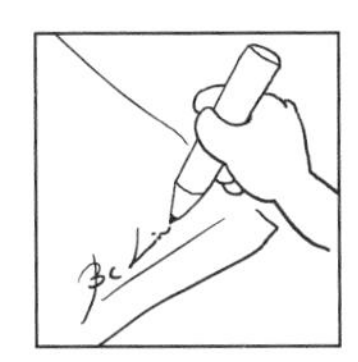

1 　イン
sa. i. n
簽名

1 ハン　ム
ha. n. sa. mu
英俊的

1 　テム
shi. su. te. mu
系統

0 　テレオ
su. te. re. o
立體音響

3 クリ　マ　
ku. ri. su. ma.su
聖誕節

1 レ　トラン
re. su. to.ra. n
餐廳

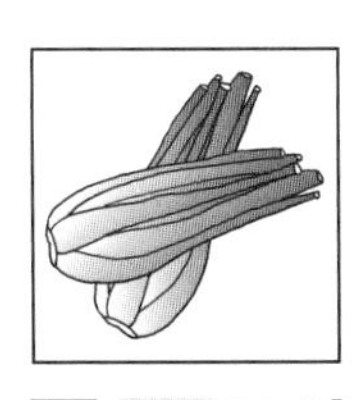

1 　ロリ
se. ro. ri
西洋芹

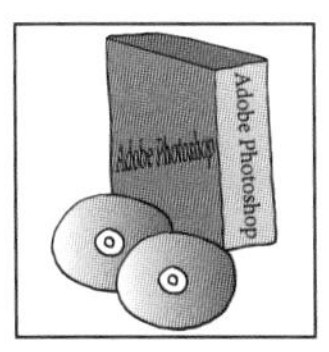

1 　フト
so. fu. to
軟體

練習 1 ：聽聽看，看圖找出音檔所唸的單字。 ♪30

例： ②　　① ② ③

1. 　　① ② ③

2. 　　① ② ③

3. 　　① ② ③

4. 　　① ② ③

5. 

① 

② 

③ 

6.

① 

② 

③ 

7.

① 

② 

③ 

8. ①  ②  ③

9. ①  ②  ③

10. ①  ②  ③

練習2：讀出發音，並選出正確的片假名。

例：u ウ、ア

1. shi シ、キ	2. i カ、イ	3. a ア、エ	4. ko ク、コ
5. ki サ、キ	6. ku ケ、ク	7. su ス、セ	8. e エ、ウ
9. o オ、ク	10. so サ、ソ	11. ke ケ、ク	12. ka カ、ア

練習3：讀出發音，並寫出正確的片假名。

例：i イ

1. ka	2. sa	3. o	4. a
5. shi	6. ki	7. su	8. ke
9. e	10. u	11. so	12. ku
13. se	14. ko		

練習 4 ：看平假名，寫出相對應的片假名。

例：あ　ア

1.う	2. か	3. こ	4. さ
5.そ	6. き	7. い	8. く
9.し	10. せ	11. す	12. け

31

タ チ ツ テ ト

た ta　ち chi　つ tsu　て te　と to

1 セー　ー
se. e. ta. a
毛衣

1 　ンカー
ta. n. ka. a
油輪

2 1 　キン
chi. ki. n
雞肉

1 　ーム
chi. i. mu
隊伍

1 　ナ
tsu. na
鮪魚罐頭

1 　アー
tsu. a. a
旅行團

1 　スト
te. su. to
考試

1 ホ　ル
ho. te. ru
飯店

2 　ラック
to. ra. k. ku
卡車

2 1 チケッ　
chi.ke. t. to
票券

❖ 片仮名——促音

（かたかな　そくおん）

接下來介紹片假名的促音標記符號，標記「ッ」。和平假名一樣，位置是緊寫在前一假名的右下角，只有四分之一大小。只要在單字中看到這個符號，就要停頓一拍不發音。

清音，非促音

ツ

促音

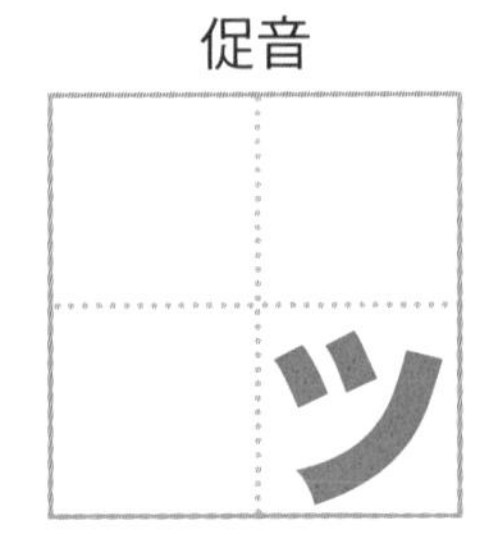

32

 ニ   

な na　に ni　ぬ nu　ね ne　の no

   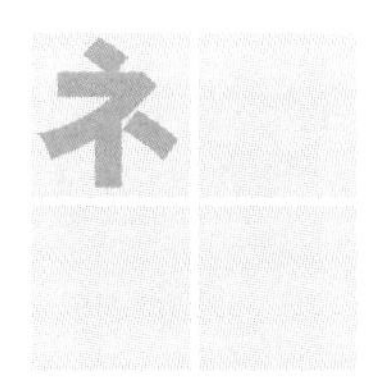 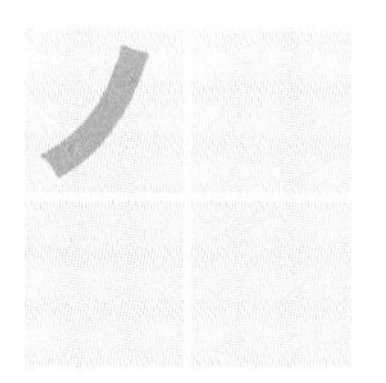

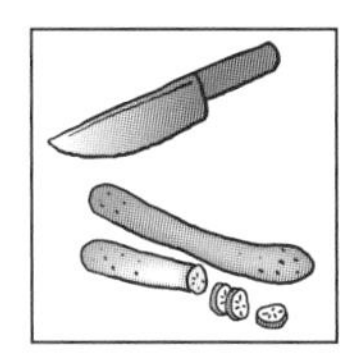

1 　イフ
na. i. fu
刀子

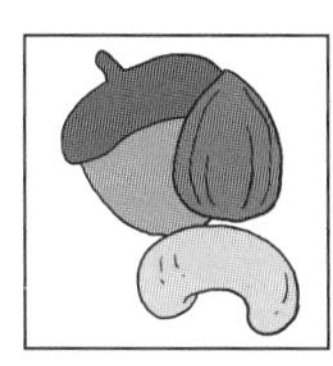

1 　ッツ
na. t. tsu
堅果

1 　ット
ni. t. to
編織品

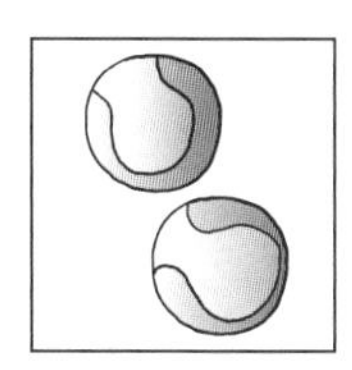

1 テ　ス
te. ni. su
網球

1 カ　ー
ka. nu. u
獨木舟

1 　ックレス
ne. k. ku. re.su
項鍊

5 インター　ット
i. n. ta. a. ne. t. to
網際網路

1 　ート
no. o. to
筆記本

♪33

ハ ヒ フ ヘ ホ

は ha　ひ hi　ふ fu　へ he　ほ ho

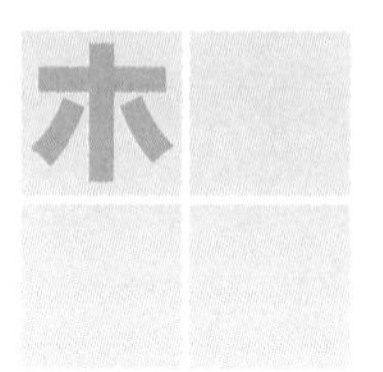

0 　ート
ha. a. to
心

1 　ム
ha. mu
火腿

1 　ット
hi. t. to
安打、廣受歡迎

1 　ーロー
hi. i. ro. o
英雄

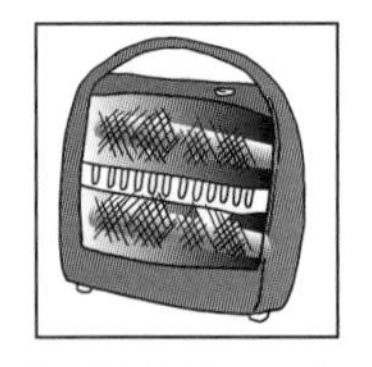

1 　ーター
hi. i. ta. a
暖氣

2 　ルーツ
fu. ru. u. tsu
水果

0 　ランス
fu. ra. n. su
法國

1 　ア
he. a
頭髮

1 3 　ルメット
he. ru. me. t. to
安全帽

4 　ットケーキ
ho. t. to. ke. e. ki
鬆餅

練習5：聽聽看，看圖找出音檔所唸的單字。 34

例：②

①  ②  ③ 

1. 

① 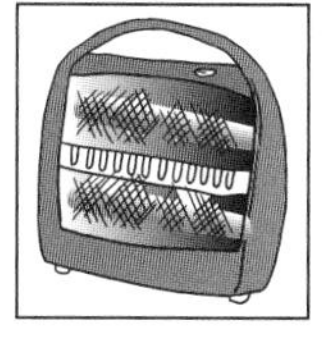 ②  ③ 

2.

①  ②  ③ 

3.

① 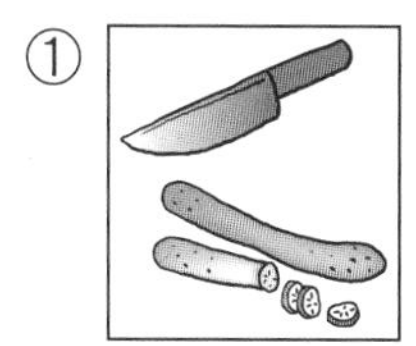 ②  ③ 

4.

①  ②  ③ 

5.

① 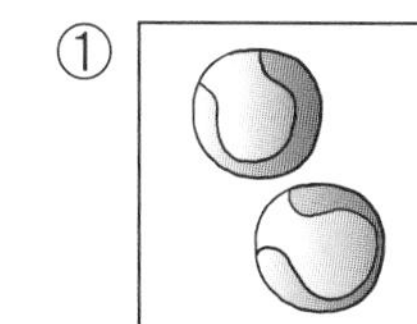 ②  ③ 

6. 

①  ②  ③ 

7. 

①  ②  ③ 

練習6：讀出發音，並選出正確的片假名。

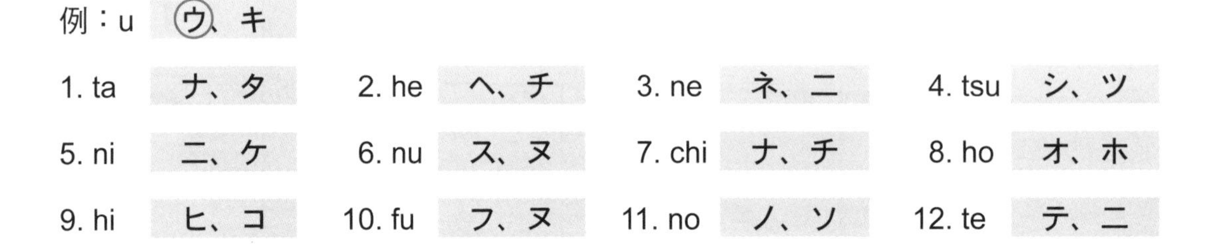

例：u ㋒、キ

1. ta	ナ、タ	2. he	ヘ、チ	3. ne	ネ、ニ	4. tsu	シ、ツ
5. ni	ニ、ケ	6. nu	ス、ヌ	7. chi	ナ、チ	8. ho	オ、ホ
9. hi	ヒ、コ	10. fu	フ、ヌ	11. no	ノ、ソ	12. te	テ、ニ

練習7：讀出發音，並寫出正確的片假名。

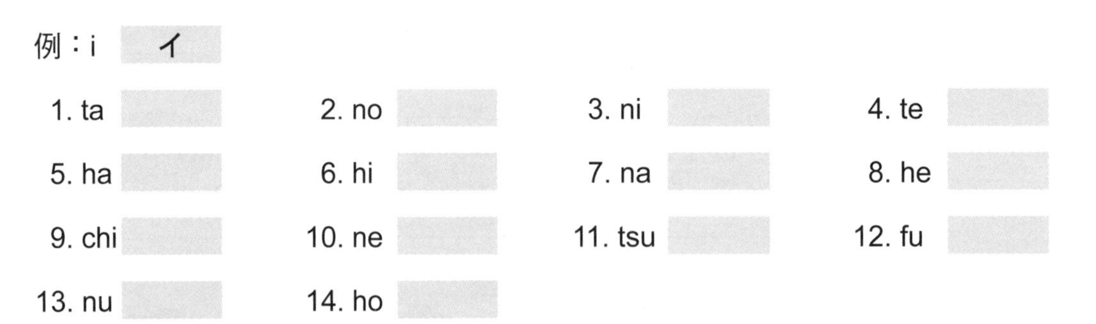

例：i イ

1. ta		2. no		3. ni		4. te	
5. ha		6. hi		7. na		8. he	
9. chi		10. ne		11. tsu		12. fu	
13. nu		14. ho					

練習 8：看平假名，寫出相對應的片假名。

例：あ　ア

1. た	2. ち	3. に	4. な
5. ぬ	6. ね	7. は	8. ほ
9. つ	10. へ	11. と	12. ひ

♪35

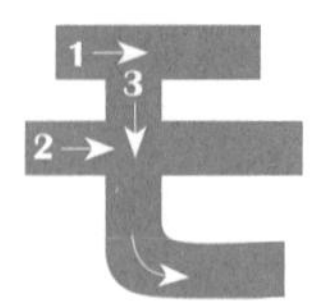

ま ma　み mi　む mu　め me　も mo

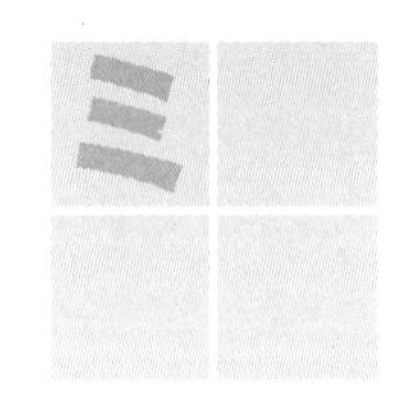

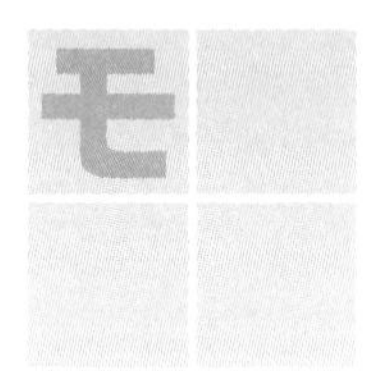

1 ＿スク
ma. su. ku
口罩

1 ＿イク
ma. i. ku
麥克風

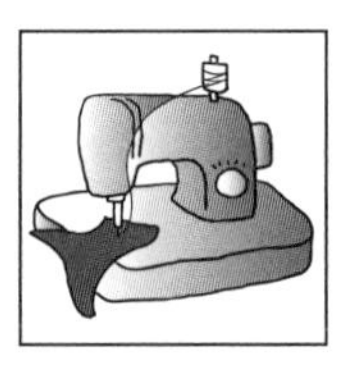

1 ＿シン
mi. shi.n
縫紉機

1 ＿ース
mu. u. su
慕斯

1 ＿ーカー
ma. a. ka. a
麥克筆

1 0 ＿ール
me. e. ru
郵件

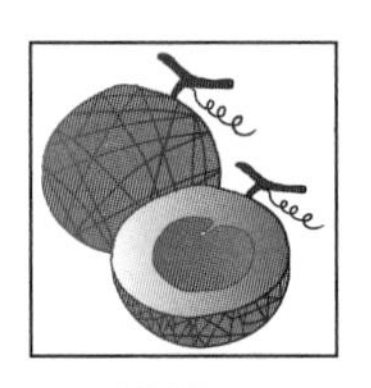

1 ＿ロン
me. ro. n
哈密瓜

1 ＿ニター
mo. ni. ta. a
螢幕

1 ＿ーター
mo. o. ta. a
馬達

1 ＿ンスター
mo. n. su.ta. a
怪物

♪36

や ya

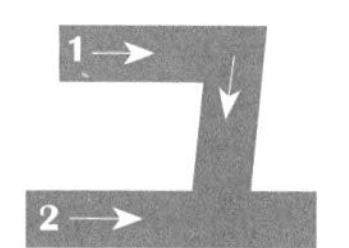

ゆ yu

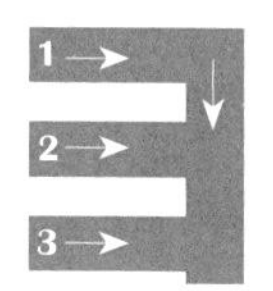

よ yo

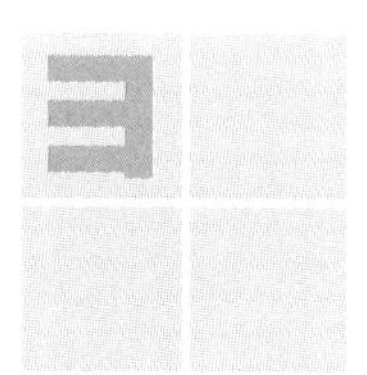

0 タイ

ta. i. ya

輪胎

2 クルト

ya. ku. ru. to

養樂多

1 0 ーモア

yu. u. mo. a

幽默

3 ー ー

yo. o. yo. o

溜溜球

1 ット

yo. t. to

帆船

♪ 37

ラ リ ル レ ロ

ら ra　り ri　る ru　れ re　ろ ro

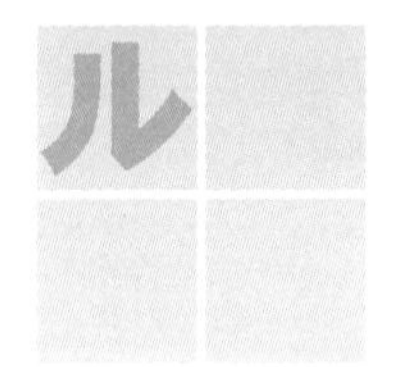

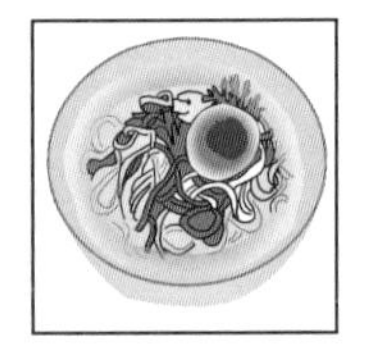

1 ＿ーメン
ra. a. me. n
拉麵

0 カステ＿
ka.su. te. ra
蜂蜜蛋糕

1 ＿スト
ri. su. to
清單

0 ＿モコン
ri. mo. ko. n
遙控器

1 ＿ー＿
ru. u. ru
規則

2 ＿サイク＿
ri. sa. i. ku. ru
回收

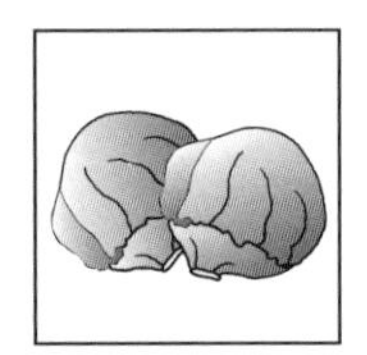

1 ＿タス
re. ta. su
萵苣

2 ＿シート
re. shi. i. to
收據

1 ＿ース
ro. o. su
里肌肉

1 ＿ーマ
ro. o. ma
羅馬

38

わ wa

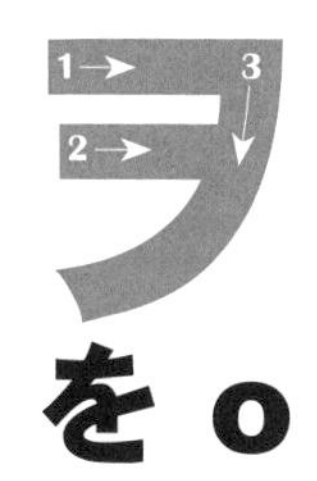

を o

ん n

1 ＿イン
wa. i. n
葡萄酒

3 ＿ンタン
wa. n. ta. n
餛飩

1 ロー＿
ro. o. n
貸款

1 ラ＿チ
ra. n. chi
午餐

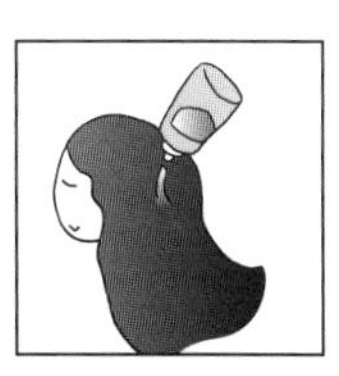

1 リ＿ス
ri. n. su
潤絲精

1 **0** レモ＿
re. mo. n
檸檬

練習 9：聽聽看，看圖找出音檔所唸的單字。 39

例： ②

①  ②  ③ 

1.

  ② 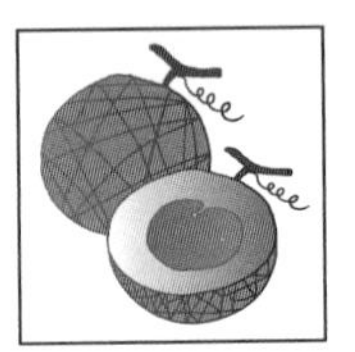 ③ 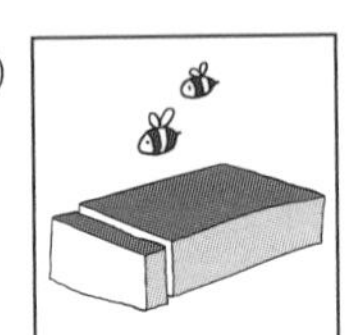

2. 

① 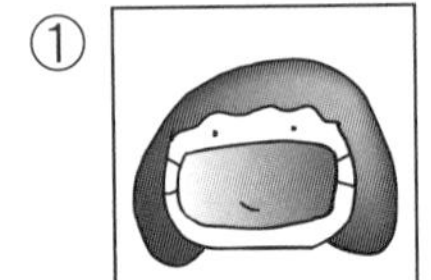 ②  ③ 

3. 

  ② 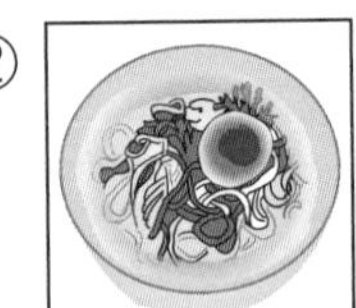 ③ 

4. 

① 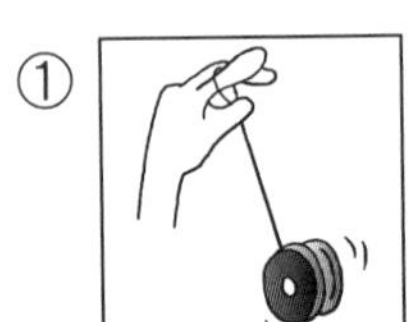 ②  ③ 

5. 

①  ②  ③ 

6. 

①  ②  ③ 

7. 

  ②  ③ 

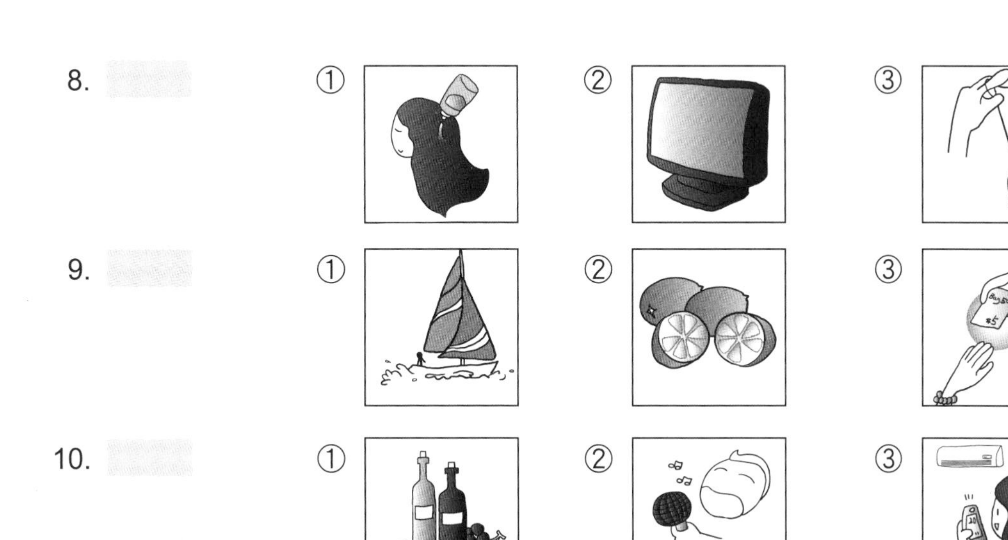

練習10：讀出發音，並選出正確的平假名。

例：u　ウ、キ

1. ma　マ、フ	2. wa　フ、ワ	3. re　ル、レ	4. mu　ム、マ
5. mi　ミ、シ	6. mo　ニ、モ	7. yo　ヨ、コ	8. ra　ラ、フ
9. me　ノ、メ	10. yu　ユ、ヨ	11. n　ソ、ン	12. ya　ヤ、マ

練習11：讀出發音，並寫出正確的片假名。

例：i　イ

1. ma	2. ro	3. mi	4. ya
5. wa	6. ri	7. ru	8. re
9. yo	10. mo	11. me	12. ra
13. yu	14. mu		

練習⑫：看平假名，寫出相對應的片假名。

例：あ　ア

1. ん	2. わ	3. れ	4. ろ
5. み	6. や	7. り	8. ま
9. め	10. よ	11. ら	12. む

❖ 片仮名（かたかな）——濁音（だくおん）

片假名和平假名相同也有濁音，同樣也是在清音的「カ」、「サ」、「タ」、「ハ」這四行的右上角加上「゛」，標注方式是從左上往右下點下來，變成「ガ」、「ザ」、「ダ」、「バ」四行，總共二十個字。

♪40

カ

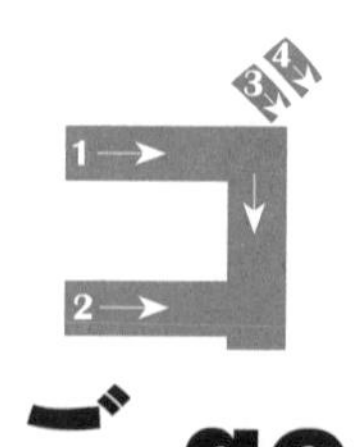

が ga　ぎ gi　ぐ gu　げ ge　ご go

1 　ム

ga. mu

口香糖

1 　ター

gi. ta. a

吉他

1 　ラス

gu. ra. su

玻璃杯

1 　ット

ge. t. to

拿到

1 　ルフ

go. ru. fu

高爾夫

ざ za

じ ji

ず zu

ぜ ze

ぞ zo

2 モ　イク
mo. za. i. ku
馬賽克

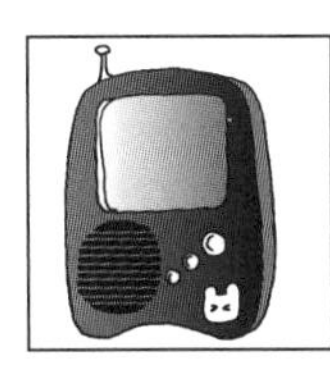

1 ラ　オ
ra. ji. o
收音機

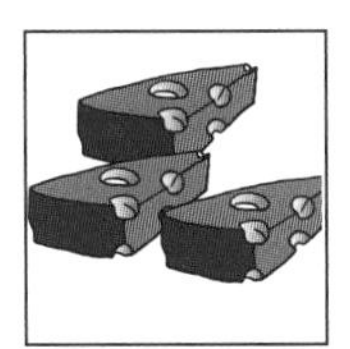

1 チー
chi. i. zu
乳酪

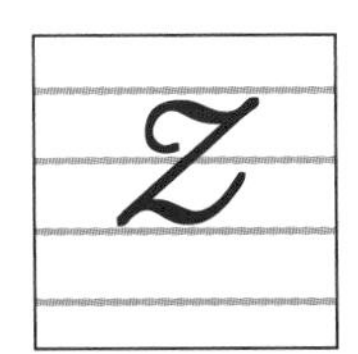

1 　ット
ze. t. to
英文字母Z

2 リ　ート
ri. zo. o. to
度假勝地

♪42

だ da　ぢ ji　づ zu　で de　ど do

1 ＿ンス
da. n. su
跳舞

1 ＿ート
de. e. to
約會

2 ＿ザート
de. za. a. to
甜點

1 ソー＿
so. o. da
汽水

1 ＿イツ
do. i. tsu
德國

♪43

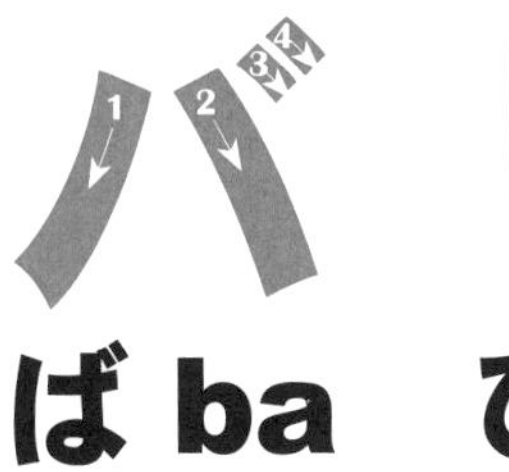

ば ba　び bi　ぶ bu　べ be　ぼ bo

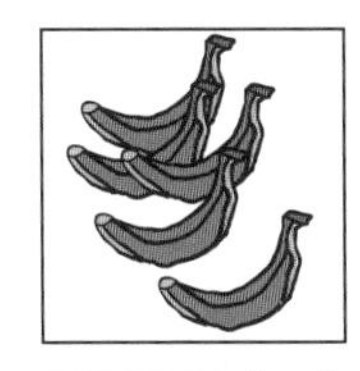

1 　ナナ
ba. na.na
香蕉

1 テレ　
te. re. bi
電視機

2 　ラウス
bu. ra. u. su
女用襯衫

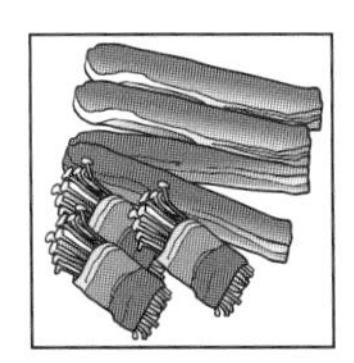

1 　ーコン
be. e. ko. n
培根

1 　イス
bo. i. su
聲音

❖ 片仮名（かたかな）──半濁音（はんだくおん）

片假名和平假名相同也有半濁音，同樣也是在清音的「ハ」這一行的右上角加上「゜」，總共五個字母。

清音

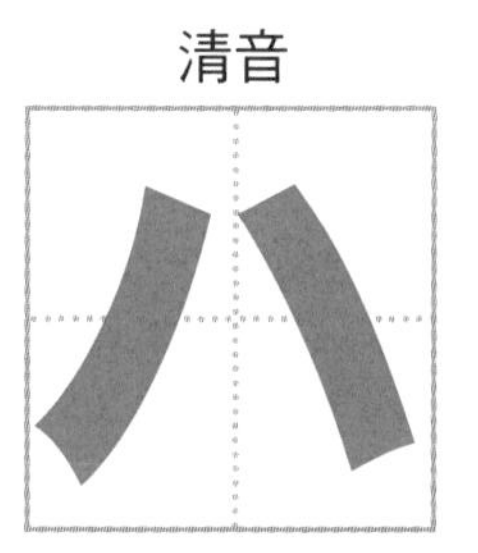

濁音

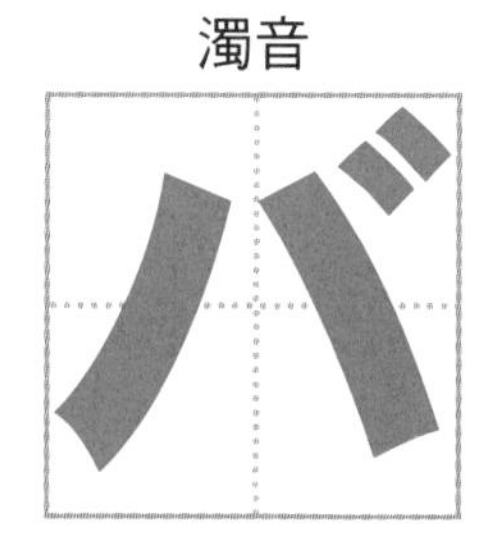

半濁音

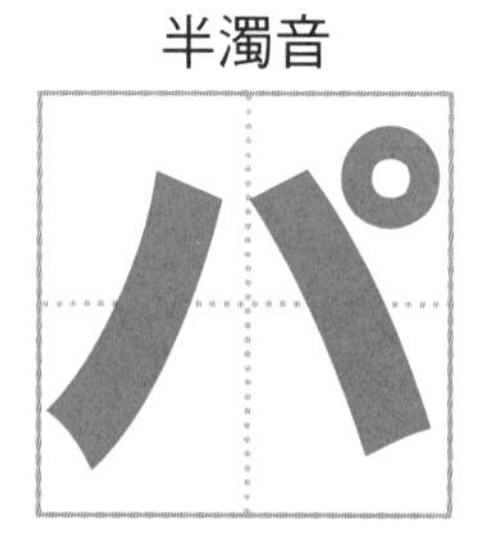

♪44

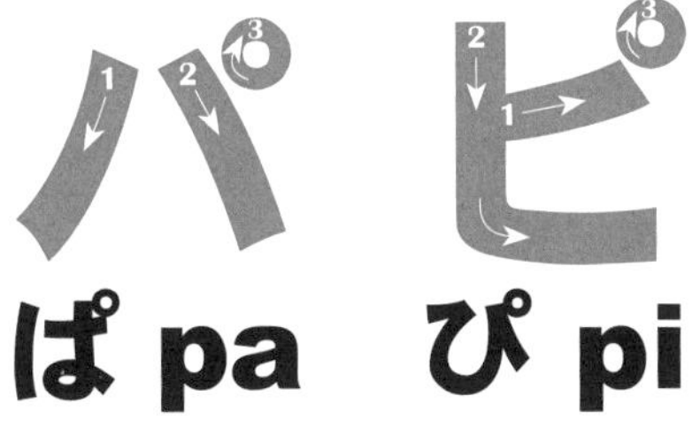

ぱ pa　ぴ pi　ぷ pu

ぺ pe　ぽ po

1 　ン
pa. n
麵包

0 　アノ
pi. a. no
鋼琴

1 　ール
pu. u. ru
游泳池

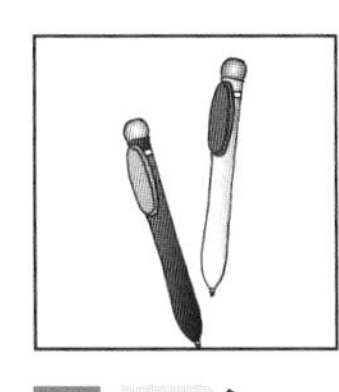

1 　ン
pe. n
筆

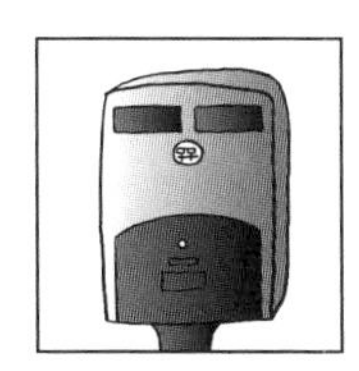

1 　スト
po. su. to
郵筒

練習13：聽聽看，看圖找出音檔所唸的單字。 ♪45

例：②

①  ②  ③ 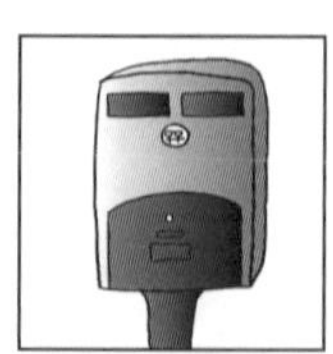

1. 

①  ②  ③ 

2. 

①  ②  ③ 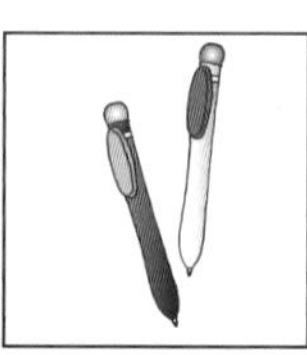

3. 

① 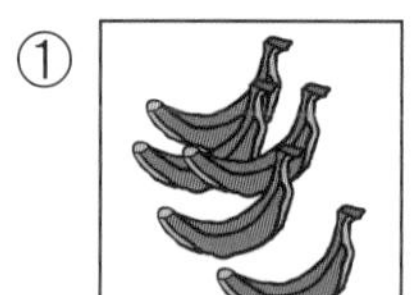 ② 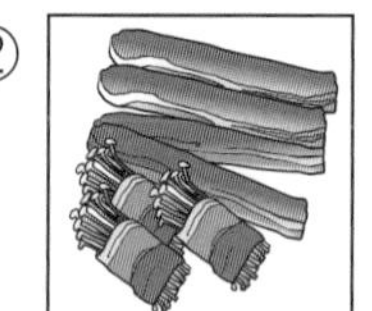 ③ 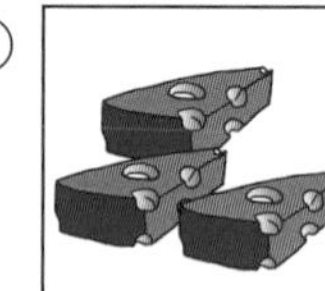

4. 

①  ②  ③ 

5. 

①  ②  ③ 

6. 

①  ②  ③ 

7. 

①  ②  ③ 

8. ① ② ③

9. ① ② ③

10. ① ② ③

練習14：讀出發音，並選出正確的片假名。

例：ga （ガ）、が、か、カ

1. da	ダ、ゲ、グ、ゴ	2. pa	ブ、バ、パ、ビ
3. ze	ゼ、セ、ニ、ビ	4. gu	グ、ダ、ガ、ギ
5. bi	ビ、ピ、ギ、グ	6. po	ボ、ホ、ポ、オ
7. go	ヨ、コ、ゴ、ユ	8. za	ザ、ナ、サ、ノ
9. de	ビ、デ、ペ、ゲ	10. ge	ゲ、グ、ダ、ザ
11.do	ド、グ、ギ、パ	12. pe	ベ、ペ、ギ、グ

練習15：讀出發音，並寫出正確的片假名。

例：zu ヅ

1. ga	2. po	3. bi	4. da
5. pe	6. ze	7. gu	8. be
9. go	10. bo	11. de	12. ba
13. pu	14. do		

練習16：看平假名，寫出相對應的片假名。

例：が　ガ

1. び	2. ご	3. ざ	4. じ
5. ぞ	6. ぢ	7. ど	8. だ
9. ず	10. ぐ	11. ぱ	12. ぽ

MEMO

❖片仮名（かたかな）──拗音（ようおん）

片假名的拗音，和平假名一樣，是將清音、濁音、半濁音的「イ段音」和「ヤ」、「ユ」、「ヨ」合成的一個字。書寫時，要將字縮小為四分之一大小成為「ャ」、「ュ」、「ョ」，而書寫的位置，則必須緊靠在前一個假名的右下角。

另外還有一些特殊音，是將「ア」、「イ」、「ウ」、「エ」、「オ」縮小成為四分之一大小，和假名拼寫而成。例如：「ウィ」、「ウェ」、「ウォ」、「シェ」、「ジェ」、「ツァ」等。發音都是以拼音方式來發音，全部都只算一拍。

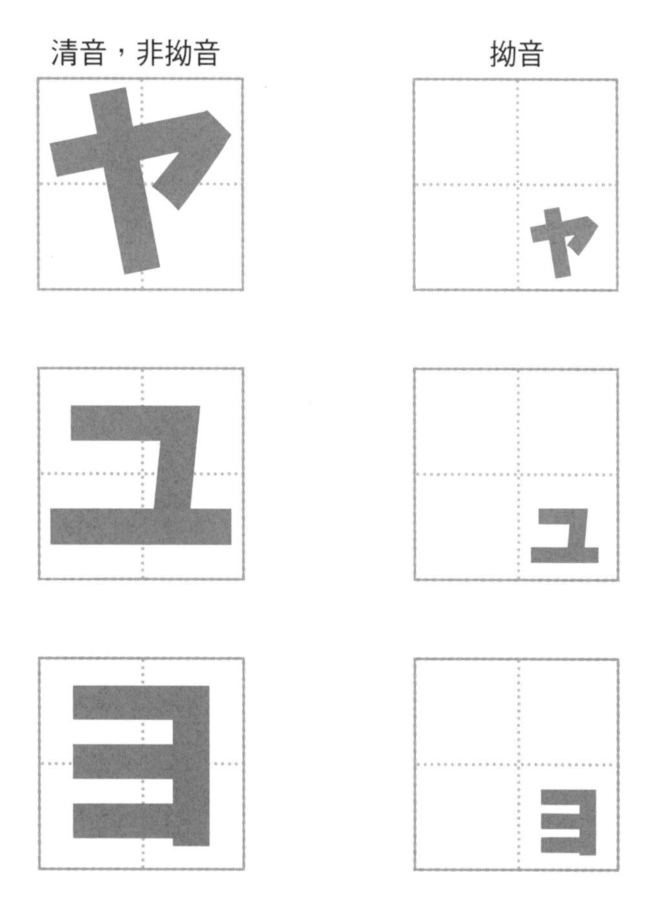

練習17：寫寫看：「ャ」、「ュ」、「ョ」要寫在前一個假名的右下角。 ♪46

キャ kya		キュ kyu		キョ kyo	
シャ sha		シュ shu		ショ sho	
チャ cha		チュ chu		チョ cho	
ニャ nya		ニュ nyu		ニョ nyo	
ヒャ hya		ヒュ hyu		ヒョ hyo	
ミャ mya		ミュ myu		ミョ myo	
リャ rya		リュ ryu		リョ ryo	
ギャ gya		ギュ gyu		ギョ gyo	
ジャ ja		ジュ ju		ジョ jo	
ヂャ ja		ヂュ ju		ヂョ jo	
ビャ bya		ビュ byu		ビョ byo	
ピャ pya		ピュ pyu		ピョ pyo	

練習18：唸唸看，並寫出正確的片假名。 ♪47

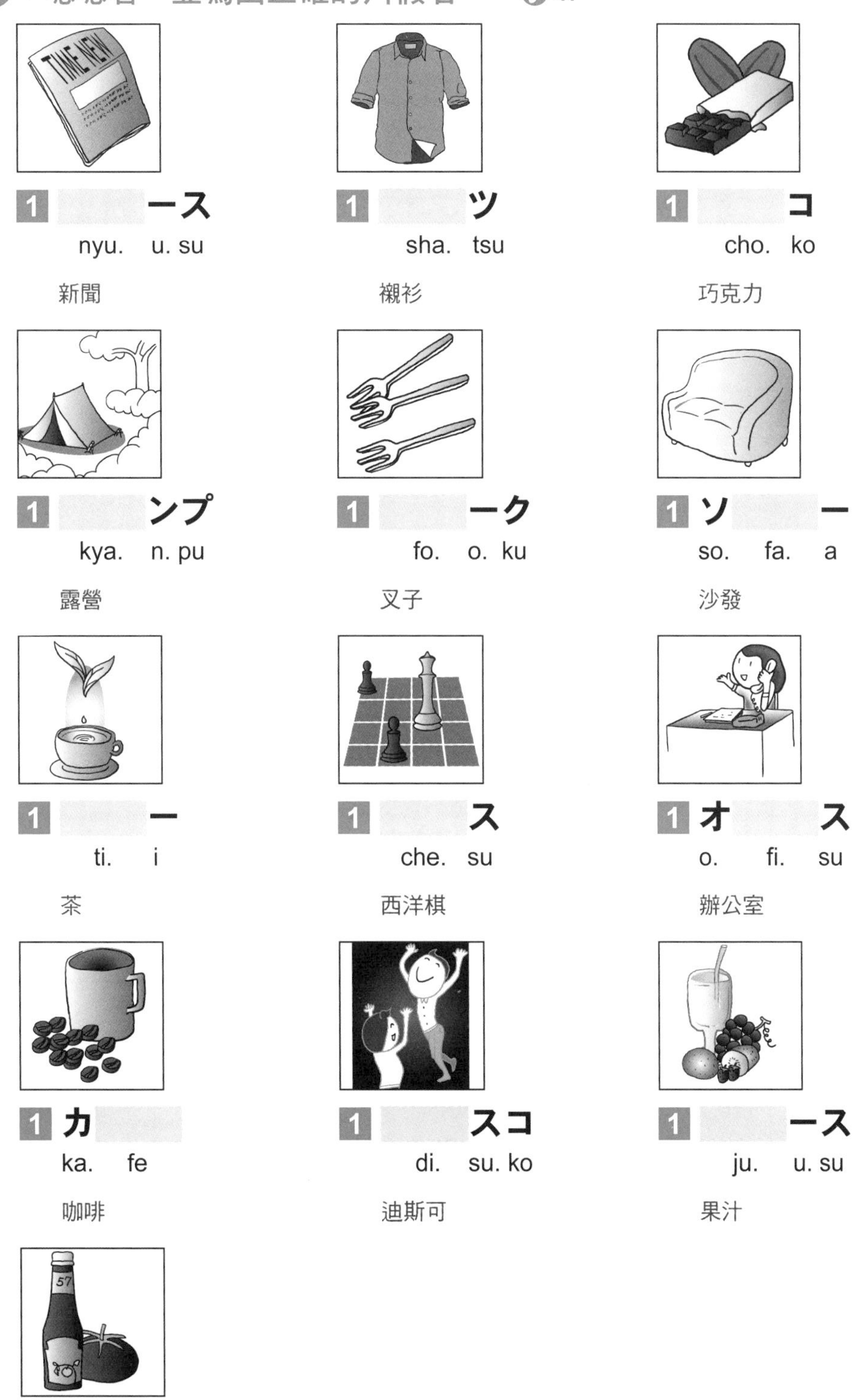

※小叮嚀：咖啡的另一個講法為 3 コーヒー

練習19：聽聽看，選出音檔所唸的正確單字。 48

例：② ① キャ ② キュ ③ キョ

1. ① シャ ② シュ ③ ショ

2. ① チャ ② チュ ③ チョ

3. ① ニャ ② ニュ ③ ニョ

4. ① ヒャ ② ヒュ ③ ヒョ

5. ① ミャ ② ミュ ③ ミョ

6. ① キョ ② チョ ③ リョ

7. ① ヒャ ② ピュ ③ ビュ

8. ① フェ ② ウェ ③ ファ

9. ① シェ ② ツァ ③ フィ

10. ① チャ ② チェ ③ フォ

11. ①

② ③

12. ①

②

③

13. ①

②

③

14. ①

②

③

15. ①  ② 

③ 

16. ①  ② 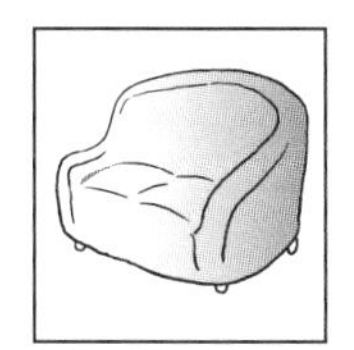 ③ 

ふく しゅう しょう

❖ 復習小テスト2

練習 1 ：請順著五十音清音「ア」到「ン」的順序走完迷宮。

練習❷：唸唸看，從A～I中選出下列單字所代表的圖形。

1. ココア ＿＿　2. アイス ＿＿　3. ソーダ ＿＿
4. テレビ ＿＿　5. キス ＿＿　6. カメラ ＿＿
7. ケーキ ＿＿　8. ナイフ ＿＿　9. トラック ＿＿
10. キウイ ＿＿　11. トイレ ＿＿　12. ホテル ＿＿
13. ミルク ＿＿　14. メロン ＿＿　15. レモン ＿＿
16. バナナ ＿＿　17. カラオケ ＿＿　18. ギター ＿＿
19. ゴルフ ＿＿　20. ハム ＿＿

練習 3：寫出下列羅馬拼音所代表的片假名。

例：u　ウ

1. ka	2. ku	3. sa	4. go
5. bu	6. e	7. to	8. mo
9. ro	10. yo	11. yu	12. ko
13. bo	14. so	15. ta	16. nu
17. me	18. pe	19. ba	20. hi
21. se	22. ne	23. re	24. ru

わたし　　りん
私は　林です。

◎學習目標

簡單的自我介紹。

本課文型：

1. ＿＿＿＿は　＿＿＿＿です。
2. ＿＿＿＿は　＿＿＿＿ですか。
3. ＿＿＿＿も　＿＿＿＿です。
4. ＿＿＿＿は　＿＿＿＿じゃ（では）　ありません。

文型 ♪49

1. 林(りん)さんは　学生(がくせい)です。

2. 田中(たなか)さんは　先生(せんせい)ですか。

3. 加藤(かとう)さんも　高校生(こうこうせい)です。

4. 王(おう)さんは　先生(せんせい)じゃ（では）　ありません。

例文 ♪49

1. 田中(たなか)：林(りん)さんは　学生(がくせい)ですか。
   林(りん)：はい、学生(がくせい)です。
   林(りん)：いいえ、学生(がくせい)じゃ（では）　ありません。

2. 田中(たなか)：あの　方(かた)は　どなたですか。
   林(りん)：加藤(かとう)さんです。

3. 田中(たなか)：李(りー)さんは　先生(せんせい)ですか。
   林(りん)：はい、（そうです。）先生(せんせい)です。
   田中(たなか)：王(おう)さんも　先生(せんせい)ですか。
   林(りん)：いいえ、王(おう)さんは　先生(せんせい)じゃ（では）　ありません。
   学生(がくせい)です。

代換練習

一　例：王(おう)さん・学生(がくせい)

→ 王(おう)さんは　学生(がくせい)です。

1. 李(りー)さん・先生(せんせい)

→

2. 田中(たなか)さん・日本人(にほんじん)

→

3. 私(わたし)たち・公務員(こうむいん)

→

二　例：林(りん)さん・先生(せんせい)（はい）

→ A：林(りん)さんは　先生(せんせい)ですか。

B：はい、（そうです。）先生(せんせい)です。

例：林(りん)さん・先生(せんせい)（いいえ）

→ A：林(りん)さんは　先生(せんせい)ですか。

B：いいえ、先生(せんせい)じゃ　ありません。/ いいえ、そうじゃ　ありません。

1. 皆(みな)さん・台湾人(たいわんじん)（はい）

→

2. 佐藤(さとう)さん・留学生(りゅうがくせい)（いいえ）

→

3. あなた・学生(がくせい)（はい）

→

三　例 1：田中(たなか)さん・会社員(かいしゃいん)（はい）

→　A：田中(たなか)さんも　会社員(かいしゃいん)ですか。

B：はい、田中(たなか)さんも　会社員(かいしゃいん)です。

例 2：あの　人(ひと)・会社員(かいしゃいん)（いいえ・学生(がくせい)）

→　A：あの　人(ひと)も　会社員(かいしゃいん)ですか。

B：いいえ、あの　人(ひと)は　会社員(かいしゃいん)じゃ（では）　ありません。

1. 王(おう)さん・先生(せんせい)（はい）

→

2. 林(りん)さん・学生(がくせい)（はい）

→

3. 佐藤(さとう)さん・公務員(こうむいん)（いいえ・会社員(かいしゃいん)）

→

4. 陳(ちん)さん・事務員(じむいん)（いいえ・先生(せんせい)）

→

會話

50

林：初めまして。林です。

どうぞ　よろしく（お願いします）。

小林：初めまして。小林です。

こちらこそ　よろしく（お願いします）。

林：小林さんは　高校生ですか。

小林：はい、そうです。高校１年生です。

林さんも　高校生ですか。

林：はい、私も　高校生です。

會話翻譯

林：初次見面幸會幸會！敝姓林。請（您）多多指教。

小林：幸會幸會！敝姓小林。彼此彼此，也請（您）多指教。

林：小林小姐是高中生嗎？

小林：是的，高中一年級學生。

林小姐也是高中生嗎？

林：是的，我也是高中生。

文型解說

1. Aは　Bです。

此肯定句在本課是用來介紹姓名、國籍、職業等。譯為「A是B」。

此處「は」為助詞，發音唸成「wa」，提示主題。

私(わたし)は　高校生(こうこうせい)です。　我是高中生。

王(おう)さんは　先生(せんせい)です。　王先生（小姐）是老師。

2. Aは　Bですか。

此句為上句之疑問句，譯為「A是B嗎？」。

此處「か」為助詞，表示疑問。

林(りん)さんは　学生(がくせい)ですか。　林先生（小姐）是學生嗎？

陳(ちん)さんは　先生(せんせい)ですか。　陳先生（小姐）是老師嗎？

3. Aも　Bです。

當兩個句子有相同事物時，第二個句子的「は」改成「も」。

此處「も」為助詞，表示提起相同事物，譯為「A也是B」。

私(わたし)は　学生(がくせい)です。　我是學生。

田中(たなか)さんも　学生(がくせい)です。　田中先生（小姐）也是學生。

4. Aは　B～じゃ（では）　ありません。

此句是「Aは　Bです」的否定句，譯為「A不是B」。

「～じゃ（では）　ありません」是「です」的否定形。

「～では　ありません」用於正式說法和書寫時。

「～じゃ　ありません」用於日常會話中。

此處「では」的「は」為助詞，發音唸成「wa」。

加藤（かとう）さんは　先生（せんせい）じゃ（では）　ありません。

加藤先生（小姐）不是老師。

田中（たなか）さんは　学生（がくせい）じゃ（では）　ありません。

田中先生（小姐）不是學生。

5. Aは　Bですか的回答表現

肯定回答：「**はい、Bです。**」或「**はい、そうです。**」，譯為「是的，是B。」或「是的。」。

否定回答：「**いいえ、Bじゃ（では）　ありません。**」，譯為「不是，不是B。」。或簡單回答「**いいえ、そうじゃ　ありません。**」即可。

問句：加藤（かとう）さんは　先生（せんせい）ですか。　加藤先生（小姐）是老師嗎？

回答1：はい、先生（せんせい）です。　是的，是老師。

回答2：はい、そうです。　是，是的。

問句：加藤（かとう）さんは　先生（せんせい）ですか。　加藤先生（小姐）是老師嗎？

回答1：いいえ、先生（せんせい）じゃ（では）　ありません。　不，不是老師。

回答2：いいえ、そうじゃ　ありません。　不，不是。

文型例文生字 ♪51

	重音	假名	漢字 / 原文	中文
1.		～さん		～先生；～小姐；～同學
2.	0	がくせい	学生	學生
3.	3	せんせい	先生	老師（尊稱）
4.	3	こうこうせい	高校生	高中生
5.	1	はい		是
6.	0	いいえ		不是
7.	3 4	あの　かた	あの　方	那一位，「あの　人(ひと)」（那個人）的禮貌形
8.	1	どなた		哪位，「誰(だれ)」（誰）的禮貌形

代換練習生字 ♪51

	重音	假名	漢字 / 原文	中文
9.	4	にほんじん	日本人	日本人
10.	3	わたしたち	私たち	我們
11.	3	こうむいん	公務員	公務員
12.	2	みなさん	皆さん	各位
13.	5	たいわんじん	台湾人	台灣人
14.	4	りゅうがくせい	留学生	留學生
15.	2	あなた		你
16.	3	かいしゃいん	会社員	公司職員
17.	2	じむいん	事務員	辦事員

會話生字 ♪51

	重音	假名	漢字 / 原文	中文
18.	4	はじめまして	初めまして	初次見面
19.		どうぞ　よろしく		請多指教
20.	4	こちらこそ		彼此彼此
21.		～ねんせい	～年生	～年級學生
22.	0	わたし	私	我

練習

一、請選出下列生字正確的讀音

例：（②）高校生	①こうこせい	②こうこうせい	③こうこうせ
（　）1. 私	①わだし	②わたし	③はたし
（　）2. 先生	①せんせい	②せいせん	③せんせ
（　）3. 皆さん	①みいなさ	②みなさん	③みなせん
（　）4. 日本人	①にほんにん	②にほじん	③にほんじん
（　）5. 留学生	①りゅうがくせい	②りゅうかくせい	③りょうがくせい
（　）6. 事務員	①じいむいん	②ちむいん	③じむいん
（　）7. 会社員	①かいしゃいん	②かしゃいん	③がいしゃいん
（　）8. 私たち	①わたじたち	②わたしたち	③わだしたち
（　）9. 学生	①かくせい	②かくせん	③がくせい
（　）10. 哪位	①どなた	②どんなた	③どなだ

二、請依下列提示完成對話

も	こちらこそ	どうぞ　よろしく
高校生（こうこうせい）	初（はじ）めまして	そうです

小林（こばやし）：初（はじ）めまして。小林（こばやし）です。（①　　　　　　）。

林（りん）：（②　　　　　　）。林（りん）です。（③　　　　　　）　よろしく。

小林（こばやし）：林（りん）さんは　高校生（こうこうせい）ですか。

林（りん）：はい、（④　　　　　　）。高校生（こうこうせい）です。

小林（こばやし）さんも　（⑤　　　　　　）ですか。

小林（こばやし）：はい、私（わたし）（⑥　　　　　　）　高校生（こうこうせい）です。

三、請將下列句子重組

例：は / 林（りん） / 私（わたし） / です

→ 私（わたし）は　林（りん）です。

1. です / 中村（なかむら）さん / 日本人（にほんじん） / は

→

2. か / は / です / あなた / 学生（がくせい）

→

3. も / です / 留学生（りゅうがくせい） / 加藤（かとう）さん

→

4. は / か / どなた / あの　方（かた） / です

→

四、請依指示完成句子（漢字均要注上假名）

例：敝姓陳。

→ 私（わたし）は　陳（ちん）です。

1. 初次見面，幸會。敝姓林。

→

2. 我是高中生。

→

3. 請多多指教。

→

聽力練習 ♪52

例：李(りー)さんは　先生(せんせい)です。　（ ○ ）

1. 林(りん)さんは　学生(がくせい)です。　（　　）

2. 田中(たなか)さんは　会社員(かいしゃいん)です。　（　　）

3. 佐藤(さとう)さんも　留学生(りゅうがくせい)です。　（　　）

4. あの　方(かた)は　加藤(かとう)さんです。　（　　）

豆知識 1

認識日本錢幣及紙鈔

若木(わかぎ)

稲穂(いなほ)

平等院鳳凰堂(びょうどういんほうおうどう)

菊(きく)

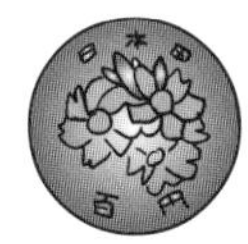

桜(さくら)

桐(きり)

野口英世(のぐちひでよ)（舊版）

北里柴三郎(きたざとしばさぶろう)（新版）

守礼門(しゅれいもん)

樋口一葉(ひぐちいちよう)（舊版）

津田梅子(つだうめこ)（新版）

福沢諭吉(ふくざわゆきち)（舊版）

渋沢栄一(しぶさわえいいち)（新版）

教室活動：認識新朋友

1. 活動說明：認識朋友，以四～六人為一組互相問對方姓氏。

例：A：お名前（なまえ）は？

B：林（りん）です。

2. 活動說明：請以兩人一組方式做自我介紹。

例：A：初（はじ）めまして、私（わたし）は　林（りん）です。どうぞ　よろしく。

B：初（はじ）めまして、陳（ちん）です。こちらこそ　よろしく。

それを　ください。

◎學習目標

學習「こ・そ・あ・ど」系列之指示代名詞用法，能應用於日常生活中指示周遭物品。

本課文型：

1. これは　＿＿＿＿です。
2. それは　＿＿＿＿の　＿＿＿＿です。
3. あれは　＿＿＿＿の　＿＿＿＿ですか。
4. この　＿＿＿＿は　＿＿＿＿のです。
5. その　＿＿＿＿を　ください。

文型 ♪53

1. これは　雑誌(ざっし)です。

2. それは　カメラの　雑誌(ざっし)です。

3. あれは　陳(ちん)さんの　漫画(まんが)ですか。

4. この　かばんは　私(わたし)のです。

5. その　傘(かさ)を　ください。

例文 ♪53

1. 田中(たなか)：それは　何(なん)ですか。
小林(こばやし)：シールです。

2. 田中(たなか)：それは　何(なん)の　カメラですか。
小林(こばやし)：（これは）　デジカメです。

3. 田中(たなか)：あれは　誰(だれ)の　かばんですか。
小林(こばやし)：（あれは）　先生(せんせい)のです。

4. 田中(たなか)：この　電子辞書(でんしじしょ)は　先生(せんせい)のですか。
小林(こばやし)：はい、先生(せんせい)のです。

5. 客(きゃく)：すみません。この　かばんを　ください。
店員(てんいん)：はい。どうぞ。

代換練習

一　例：これ・漫画（まんが）

→ A：これは　何（なん）ですか。
B：漫画（まんが）です。

1. これ・電子辞書（でんしじしょ）

→

2. それ・キーホルダー

→

3. あれ・切手（きって）

→

二　例：これ・本（ほん）・絵本（えほん）

→ A：これは　何（なん）の　本（ほん）ですか。
B：絵本（えほん）です。

1. これ・辞書（じしょ）・電子辞書（でんしじしょ）

→

2. それ・CD（シーディー）・日本語（にほんご）のCD（シーディー）

→

3. あれ・服（ふく）・浴衣（ゆかた）

→

三　例：これ・ノート・先生（せんせい）

→ A：これは　誰（だれ）の　ノートですか。

B：先生（せんせい）の　（ノート）です。

1. これ・帽子（ぼうし）・陳（ちん）さん

→

2. それ・財布（さいふ）・林（りん）さん

→

3. あれ・和服（わふく）・李（りー）さん

→

四　例：この・日傘（ひがさ）・陳（ちん）さん

→ この　日傘（ひがさ）は　陳（ちん）さんのです。

1. この・本（ほん）・先生（せんせい）

→

2. その・帽子（ぼうし）・高（こう）さん

→

3. あの・靴（くつ）・林（りん）さん

→

五　例：この・雑誌（ざっし）

→　この　雑誌（ざっし）を　ください。

1. この・浴衣（ゆかた）

→

2. その・電子辞書（でんしじしょ）

→

3. あの・デジカメ

→

MEMO

會話

♪54

林：小林さん、それは　何ですか。

小林：これですか。シールですよ。

林：何の　シールですか。

小林：ドラえもんの　シールです。

林：じゃ、あれも　小林さんのですか。

小林：いいえ、私のじゃ　ありません。

田中さんのです。

會話翻譯

林：小林同學，那是什麼？

小林：這個嗎？這是貼紙。

林：是什麼貼紙呢？

小林：哆啦A夢貼紙。

林：那，那個也是小林同學的嗎？

小林：不，不是我的。是田中同學的。

文型解說

1. これ・この：物品位置距離說話者最近。

譯為：「これ　這是・この　這個」

それ・その：物品位置距離說話者稍遠，距離聽話者較近。

譯為：「それ　那是・その　那個」

あれ・あの：物品位置距離說話者和聽話者皆很遠。

譯為：「あれ　那是・あの　那個」

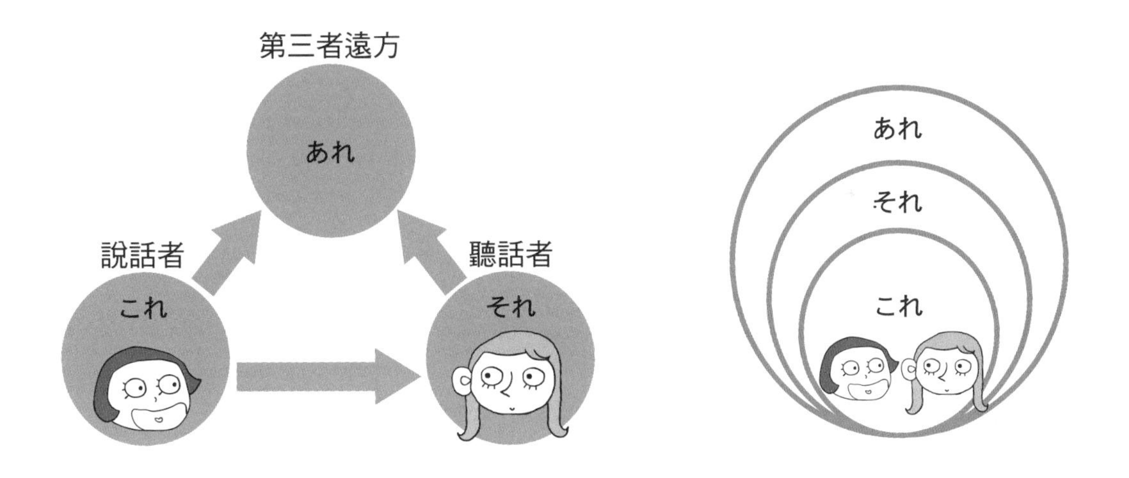

「これ・それ・あれ」皆為代名詞，所以後面直接加「は」即可。

例：これは　デジタルカメラです。　這是數位相機。

「この・その・あの」後面必須加上名詞才能和「は」連接，用來指定所接續的名詞。

例：その　帽子（ぼうし）は　先生（せんせい）のです。　那頂帽子是老師的。

2.「何」是問物品內容的疑問詞，回答時只要答出物品名稱即可。

A：それは　何ですか。　那是什麼？

B：（これは）　漫画です。　（這是）漫畫。

3.「何の＋名詞」用來詢問名詞的特徵、內容、性質。

A：それは　何の　本ですか。　那是什麼書？

B：日本語の　本です。　日文書。

4.「誰の＋名詞」用來詢問所有者是誰，名詞省略亦可。

A：これは　誰の　（ノート）ですか。　這是誰的（筆記本）？

B：陳さんの　（ノート）です。　是陳先生（小姐）的（筆記本）。

5. 名詞を　ください。譯為：請給我……。

請求別人給自己「を」前面的名詞，通常用於購物、點餐。

例：その　かばんを　ください。　請給我那個包包。

文型例文生字

♪55

	重音	假名	漢字 / 原文	中文
1.	0	ざっし	雑誌	雜誌
2.	1	カメラ	camera	相機
3.	0	まんが	漫画	漫畫
4.	0	かばん	鞄	包包
5.	1	かさ	傘	雨傘
6.	1	シール	seal	貼紙
7.	5	デジタルカメラ 略：0 デジカメ	digital camera	數位相機
8.	1	だれ	誰	誰
9.	4	でんしじしょ	電子辞書	電子字典

代換練習生字

♪55

	重音	假名	漢字 / 原文	中文
10.	3	キーホルダー	key＋holder （和製英文）	鑰匙圈
11.	0	きって	切手	郵票
12.	0	にほんご	日本語	日文
13.	2	ふく	服	衣服
14.	0	ゆかた	浴衣	浴衣
15.	1	ノート	notebook 的省略	筆記本
16.	0	ぼうし	帽子	帽子
17.	0	さいふ	財布	錢包
18.	0	わふく	和服	和服
19.	2	ひがさ	日傘	洋傘
20.	1	ほん	本	書
21.	2	くつ	靴	鞋子

練習

一、請選出下列生字正確的讀音

例：（②）高校生	①こうこせい	②こうこうせい	③こうこうせ
（　）1. 帽子	①ぼうし	②はうし	③ぽうし
（　）2. 財布	①さうふ	②きいふ	③さいふ
（　）3. 和服	①れふく	②わふく	③ねふく
（　）4. 漫画	①まんか	②もんが	③まんが
（　）5. 鞄	①かぱん	②かはん	③かばん
（　）6. 辞書	①じしょ	②じしゅ	③じしゃ
（　）7. 雑誌	①さつし	②ざっし	③ざつし
（　）8. 日傘	①ひがさ	②ひかさ	③ひがき
（　）9. 浴衣	①ゆかた	②よかた	③やかた
（　）10. 照相機	①カメラ	②カメフ	③カノラ

二、請依下列提示完成對話

それ	誰（だれ）	の
を	何（なん）	この

1. 小林（こばやし）：（①　　　　　　）は　（②　　　　　　）ですか。

　林（りん）：これ　ですか。日本語（にほんご）（③　　　　　　）　辞書（じしょ）です。

　小林（こばやし）：（④　　　　　　）のですか。

　林（りん）：先生（せんせい）のです。

2. 客（きゃく）：すみません、（⑤　　　　　　）

　かばん（⑥　　　　　　）　ください。

　店員（てんいん）：はい、どうぞ。

三、請將下列句子重組

例：は / 林(りん) / 私(わたし) / です

→ 私(わたし)は　林(りん)です。

1. カメラ / です / それ / は

→

2. 英語(えいご) / は / あれ / 雑誌(ざっし) / の / です

→

3. の / です / この / 本(ほん) / 先生(せんせい)/ は

→

4. は / か / 誰(だれ) / これ / の / です

→

5. あの / を / デジカメ / ください

→

6. は / か / 何(なん) / 服(ふく) / の / これ / です

→

7. あの / 誰(だれ) / 本(ほん) / の / は / です / か

→

8. は / か / それ / 何(なん) / です

→

四、請依指示完成句子（漢字均要注上假名）

例：敝姓陳。

→ 私（わたし）は　陳（ちん）です。

1. 那是哆啦A夢的貼紙。

→

2. 這是誰的洋傘？

→

3. 請給我那片日文CD。

→

4. 這是什麼字典呢？

→

またね。
再見。

聽力練習 ♪56

例：これは　鉛筆（えんぴつ）です。　（ ○ ）

1. それは　先生（せんせい）の　本（ほん）です。　（　　）

2. あれは　漫画（まんが）の　雑誌（ざっし）です。　（　　）

3. その　カメラは　先生（せんせい）のです。　（　　）

4. これは　絵本（えほん）じゃ　ありません。　（　　）

豆知識 2

認識日本的補運生肖

你知道你的補運生肖（裏干支（うらえと））是什麼嗎？牛的補運生肖是羊，兔子的補運生肖是雞，試試看找出自己的補運生肖。

猪（いのしし）

鼠（ねずみ）

牛（うし）

虎（とら）

犬（いぬ）

兎（うさぎ）

鶏（とり）

竜（たつ）

猿（さる）

蛇（へび）

羊（ひつじ）

馬（うま）

教室活動：支援前線

1. 活動說明：每個人準備課本中出現的三樣物品，拿著這三樣物品去詢問同學，如果對方答不出來就可以拿走對方手上的一樣物品，拿到最多物品的同學就是贏家。活動時間約十分鐘。

例：A：すみません、これは　何(なん)ですか。

B：鉛筆(えんぴつ)です。

2. 活動說明：尋找失主，把剛剛贏得的物品還給同學。活動時間約十分鐘。

例1：A：すみません、これは　～さんのですか。

B：はい、そうです。私(わたし)のです。

A：どうぞ。

B：どうも。

例2：A：すみません、これは　～さんのですか。

B：いいえ、私(わたし)のじゃ　ありません。

A：そうですか。どうも。

B：いいえ。

3. 活動說明：支援前線，五人一組，輪流到台前看老師指定的物品用日文說出名稱，台下組員則是想辦法把東西找出來。活動時間約十分鐘。

例：鉛筆(えんぴつ)を　ください。

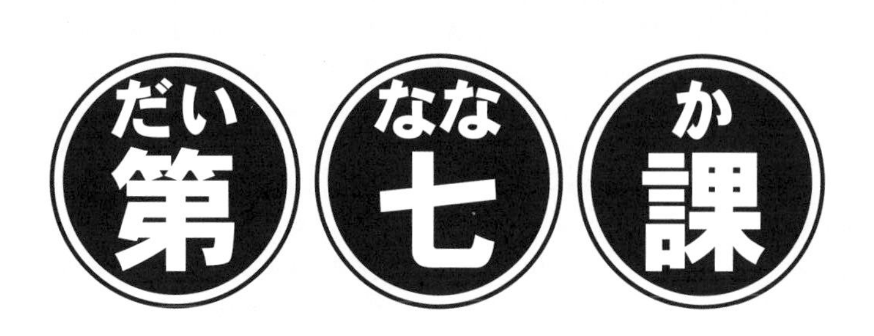

そこは　何時(なんじ)からですか。

◎學習目標

復習第六課所學習的「こ・そ・あ・ど」指示代名詞用法，並進而應用於日常生活中，用來指示說明周遭環境、詢問所要前往地點之位置。

本課文型：

1. ここは　＿＿＿です。
2. ＿＿＿は　そちらです。
3. ＿＿＿は　＿＿＿階(かい)（階(がい)）です。
4. ＿＿＿は　＿＿＿から　＿＿＿までです。

文型

♪57

1. ここは　教室(きょうしつ)です。

2. かばん売(う)り場(ば)は　そちらです。

3. レストランは　3階(さんがい)です。

4. 博物館(はくぶつかん)は　午前(ごぜん)　8時(はちじ)から　午後(ごご)　6時(ろくじ)までです。

例文

♪57

1. 　お客(きゃく)：すみません。トイレは　どこですか。

　受付係(うけつけがかり)：そちらです。

2. 　お客(きゃく)：すみません。カメラ売(う)り場(ば)は　何階(なんがい)ですか。

　受付係(うけつけがかり)：5階(ごかい)で　ございます。

3. 田中(たなか)：映画(えいが)は　7時(しちじ)からですか。

　小林(こばやし)：いいえ、7時半(しちじはん)からです。

　田中(たなか)：じゃ、何時(なんじ)までですか。

　小林(こばやし)：9時(くじ)までです。

代換練習

一　例：そこ・居酒屋（いざかや）

→ A：そこは　居酒屋（いざかや）ですか。

B：はい、そうです。

1. ここ・本屋（ほんや）

→

2. そこ・花屋（はなや）

→

3. あそこ・パン屋（や）

→

二　例：靴売り場（くつうりば）・1階（いっかい）

→ A：靴売り場（くつうりば）は　何階（なんがい）ですか。

B：1階（いっかい）です。

1. 時計売り場（とけいうりば）・3階（さんがい）

→

2. かばん売り場（うりば）・4階（よんかい）

→

3. 駐車場（ちゅうしゃじょう）・地下2階（ちかにかい）

→

三　例：授業・午前　8時・午後　4時まで

→　A：授業は　何時から　何時までですか。

　　B：午前　8時から　午後　4時までです。

1. 郵便局・午前　9時・午後　5時半

→

2. 美術館・午前　8時半・午後　6時

→

3. コンサート・午後　7時・午後　10時

→

四　例：カメラ売り場・こちら

→　カメラ売り場は　こちらです。

1. 英語教室・こちら

→

2. トイレ・そちら

→

3. ＡＴＭ・あちら

→

會話

♪58

小林：すみません。ここは　ＭＲＴ中山駅ですか。

陳：いいえ。ここは　ＭＲＴ台北駅ですよ。

小林：そうですか。どうも。

（SOGOデパートで）

小林：すみません。靴売り場は　何階ですか。

受付：７階で　ございます。

小林：じゃ、営業時間は　何時までですか。

受付：今日は　午後　9時半までで　ございます。

會話翻譯

小林：請問，這裡是捷運中山站嗎？

陳：不是，這裡是捷運台北車站喔。

小林：是喔！謝謝。

（SOGO百貨公司）

小林：請問，鞋子賣場在幾樓？

櫃檯：在七樓。

小林：那，營業時間是到幾點呢？

櫃檯：今天到晚上九點半。

文型解說

1. ここ・こちら：指說話者所在的地方，譯為「這裡」。

ここは　SOGOデパートです。　這裡是SOGO百貨公司。

こちらは　教室です。　這裡是教室。

そこ・そちら：距離聽話者較近的地方，譯為「那裡」。

そこは　公園です。　那裡是公園。

そちらは　台北１０１です。　那裡是台北101大樓。

あそこ・あちら：離說話和聽話者都遠的地方，譯為「那裡」。

あそこは　映画館です。　那裡是電影院。

あちらは　台北市立美術館です。　那裡是台北市立美術館。

どこ・どちら：用來問地方的疑問詞，譯為「哪裡」。

あのう、エスカレーターは　どこですか。　請問，手扶梯在哪裡呢？

すみません。会議室は　どちらですか。　請問，會議室在哪裡呢？

「ここ・そこ・あそこ・どこ」和「こちら・そちら・あちら・どちら」的差別在於後者語氣比較客氣有禮貌。

2. 地點は　～階 / 階（樓層）です。　地點在～樓。

地點は　何階ですか。　地點在幾樓呢？

樓層唸法為「數字＋階 / 階」。

例：「１階・2階・３階・４階・5階・６階・７階・８階・９階・１０階（10階）」。

十一樓唸法則為「數字10＋１階」＝１１階

二十樓唸法則為「數字2＋１０階（10階）」＝2０階（2０階）

「地下＋數字＋階」表示地下幾樓之意。例：地下１階。

「何階（なんがい）」則是用來問樓層的疑問詞。

すみません。トイレは　何階（なんがい）ですか。　請問，廁所在幾樓？

3. 時間唸法為「數字＋時（じ）」。

例：「１時（いちじ）・2時（にじ）・３時（さんじ）・4時（よじ）・5時（ごじ）・６時（ろくじ）・７時（しちじ）・８時（はちじ）・9時（くじ）・１０時（じゅうじ）・１１時（じゅういちじ）・１2時（じゅうにじ）」。

「午前（ごぜん）・午後（ごご）＋～時（じ）」，表示上午、下午～點。

「何時（なんじ）」則是用來問時間的疑問詞。

台湾（たいわん）は　今（いま）　午前（ごぜん）　７時（しちじ）です。　台灣現在是上午七點。

日本（にほん）は　今（いま）　午後（ごご）　６時（ろくじ）です。　日本現在是下午六點。

韓国（かんこく）は　今（いま）　何時（なんじ）ですか。　韓國現在幾點呢？

4.「時間＋から」表示時間開始；「時間＋まで」表示時間結束。

美術館（びじゅつかん）は　午前（ごぜん）　８時（はちじ）から　午後（ごご）　６時半（ろくじはん）までです。

美術館是早上八點到下午六點半。

文型例文生字

♪59

	重音	假名	漢字 / 原文	中文
1.	0	きょうしつ	教室	教室
2.	0	うりば	売り場	賣場
3.	1	レストラン	restaurant	餐廳
4.	4	はくぶつかん	博物館	博物館
5.	1	ごぜん	午前	上午
6.	1	ごご	午後	下午
7.	1	トイレ	toilet	廁所
8.	1 0	えいが	映画	電影

代換練習生字

♪59

	重音	假名	漢字 / 原文	中文
9.	0 3	いざかや	居酒屋	居酒屋
10.	1	ほんや	本屋	書店
11.	2	はなや	花屋	花店
12.	1	パンや	パン屋	麵包店
13.	3	かいぎしつ	会議室	會議室
14.	0	ちゅうしゃじょう	駐車場	停車場
15.	1	じゅぎょう	授業	上課
16.	3	ゆうびんきょく	郵便局	郵局
17.	3	びじゅつかん	美術館	美術館
18.	1 3	コンサート	concert	演唱會；音樂會
19.	0	デパちか	デパ地下	百貨公司美食街
20.	3	エレベーター	elevator	電梯
21.	4	エスカレーター	escalator	手扶梯

練習

一、請選出下列生字正確的讀音

例：（②）高校生	①こうこせい	②こうこうせい	③こうこうせ
（　）1. 午後	①ごご	②ここ	③ごこ
（　）2. 花屋	①ほなや	②はなや	③けなや
（　）3. 教室	①きゃしつ	②きゅうしつ	③きょうしつ
（　）4. 売り場	①うりば	②うりは	③うりぼ
（　）5. 午前	①こぜん	②ごぜん	③こせん
（　）6. 会議室	①がいきしつ	②かいぎしつ	③かいきしつ
（　）7. 廁所	①トイレ	②トイル	③ドイレ
（　）8. 餐廳	①レストフン	②レストラン	③レヌトラン
（　）9. 麵包店	①バンや	②ハンや	③パンや
（　）10. 演唱會	①コンサート	②ユンサート	③ロンサート

二、請依下列提示完成對話

から	すみません	何階（なんがい）
売り場（うりば）	何時（なんじ）	まで

1. 小林（こばやし）：日本語（にほんご）の　授業（じゅぎょう）は　（①　　　　　　）　（②　　　　　　）ですか。

　林（りん）：午後（ごご）　1時10分（いちじじゅっぷん）からです。

　小林（こばやし）：3時（さんじ）（③　　　　　　）ですか。

　林（りん）：はい、そうです。

2. 客（きゃく）：（④　　　　　　）、かばん（⑤　　　　　　）は（⑥　　　　　　）ですか。

　店員（てんいん）：3階（さんがい）で　ございます。

三、請將下列句子重組

例：は / 林(りん) / 私(わたし) / です

→ 私(わたし)は　林(りん)です。

1. ここ / です / カメラ売(う)り場(ば) / は

→

2. トイレ / か / です / は / どこ

→

3. 地下(ちか) / です / 3階(さんがい) / 本屋(ほんや) / は

→

4. は / か / です / 映画(えいが) / から / 何時(なんじ)

→

5. 5時(ごじ) / です / 授業(じゅぎょう) / まで / は

→

6. は / です / 会議室(かいぎしつ) / そちら

→

7. 博物館(はくぶつかん) / 9時(くじ) / から / は / です

→

8. は / あちら / です / レストラン

→

四、請依指示完成句子（漢字均要注上假名）

例：敝姓陳。

→ 私（わたし）は　陳（ちん）です。

1. 居酒屋從下午六點開始營業。

→

2. 請問，電梯在哪裡？

→

3. 請問，美術館是幾點開始？

→

4. 請問，包包賣場在幾樓？

→

聽力練習

60

例：ここは　会議室（かいぎしつ）です。　（　○　）

1. カメラ売（う）り場（ば）は　5階（ごかい）です。　（　　）

2. パン屋（や）は　午後（ごご）　8時半（はちじはん）までです。　（　　）

3. エスカレーターは　そこです。　（　　）

4. レストランは　8階（はっかい）です。　（　　）

認識日本的星座

你知道第十三個星座是什麼星座嗎？

牡牛座（おうしざ）

獅子座（ししざ）

蟹座（かにざ）

牡羊座（おひつじざ）

乙女座（おとめざ）

双子座（ふたござ）

蠍座（さそりざ）

水瓶座（みずがめざ）

天秤座（てんびんざ）

魚座（うおざ）

射手座（いてざ）

山羊座（やぎざ）

教室活動：商店的營業時間

活動說明：將下面的商店表格（2）影印成班級人數後，每位同學發一小張，之後請同學進行訪問活動，並將活動單（1）上的資訊填滿，先填滿者為優勝。活動時間約十分鐘。

例：A：すみません、そこは　どこですか。

B：美術館（びじゅつかん）です。

A：美術館（びじゅつかん）は　何時（なんじ）から　何時（なんじ）までですか。

B：午前（ごぜん）　8時（はちじ）から　午後（ごご）　6時半（ろくじはん）までです。

A：どうも。

活動單（1）

美術館（びじゅつかん）

博物館（はくぶつかん）

居酒屋（いざかや）

花屋（はなや）

パン屋（や）

映画館（えいがかん）

カメラ売（う）り場（ば）

かばん売（う）り場（ば）

化粧品（けしょうひん）売（う）り場（ば）

レストラン

商店表格（2）

美術館（びじゅつかん）	博物館（はくぶつかん）
AM 8：00	AM 9：00
PM 6：30	PM 7：00
居酒屋（いざかや）	花屋（はなや）
PM 5：00	AM 6：00
PM 11：30	PM 10：30
映画館（えいがかん）	パン屋（や）
AM 10：00	AM 6：30
PM 12：30	PM 4：00
カメラ売り場（うりば）	かばん売り場（うりば）
AM 11：00	AM 10：30
PM 9：30	PM 9：00
化粧品売り場（けしょうひんうりば）	レストラン
AM 10：00	AM 11：30
PM 8：30	PM 9：30

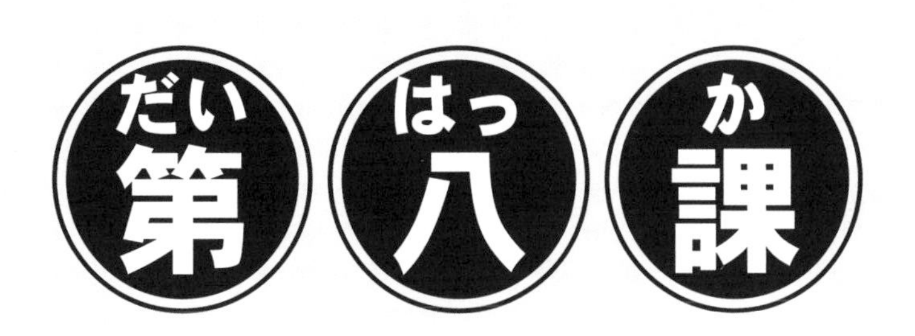

日本語（にほんご）は　面白（おもしろ）いです。

◎學習目標

1. 學會日語中「い形容詞」和「な形容詞」的用法。
2. 使用形容詞來描述及詢問對方關於周遭人、事、物的感想。

本課文型：

1. ______は　面白（おもしろ）いです。
2. ______は　有名（ゆうめい）です。
3. ______は　______くないです。
4. ______は　______じゃ（では）　ありません。
5. ______は　古（ふる）い　______です。
6. ______は　綺麗（きれい）な　______です。

文型

♪61

1. 日本語の　勉強は　面白いです。

2. 士林夜市は　有名です。

3. 今日は　暑くないです。

4. あの　学校は　有名じゃ（では）　ありません。

5. 台南は　古い　町です。

6. 小林さんは　綺麗な　人です。

例文

♪61

1. 田中：日本語の　勉強は　どうですか。
　林：（日本語の　勉強は）　面白いです。

2. 田中：日本語は　面白いですか。
　林：はい、面白いです。
　　　いいえ、面白くないです。

3. 田中：士林夜市は　有名ですか。
　林：はい、有名です。
　　　いいえ、有名じゃ（では）　ありません。

4. 田中：京都は　どんな　町ですか。
　林：静かな　町です。

代換練習

一　例：日本語（にほんご）の　勉強（べんきょう）・楽（たの）しい

→ A：日本語（にほんご）の　勉強（べんきょう）は　どうですか。
B：（日本語（にほんご）の　勉強（べんきょう）は）楽（たの）しいです。

1. 今日（きょう）の　天気（てんき）・いい

→

2. ＭＲＴ（エムアールティー）・便利（べんり）

→

3. 日本語（にほんご）の　先生（せんせい）・綺麗（きれい）

→

二　例1：台湾（たいわん）の　食（た）べ物（もの）（安（やす）い・おいしい）

→ A：台湾（たいわん）の　食（た）べ物（もの）は　どうですか。
B：安（やす）いです。そして　おいしいです。

例2：日本（にほん）の　食（た）べ物（もの）（高（たか）い・おいしい）

→ A：日本（にほん）の　食（た）べ物（もの）は　どうですか。
B：高（たか）いですが、おいしいです。

1. 日本語（にほんご）の　先生（せんせい）（ハンサム・親切（しんせつ））

→

2. 台湾（たいわん）の　ＭＲＴ（エムアールティー）（便利（べんり）・綺麗（きれい））

→

3. 今（いま）の　仕事（しごと）（忙（いそが）しい・面白（おもしろ）い）

→

三　例：日本語(にほんご)の　勉強(べんきょう)は　難(むずか)しいですか。

→　はい、（とても）難(むずか)しいです。
　　いいえ、（あまり）難(むずか)しくないです。

1. 日本料理(にほんりょうり)は　おいしいですか。

→

2. 鈴木先生(すずきせんせい)は　元気(げんき)ですか。

→

3. 今週(こんしゅう)の　日曜日(にちようび)は　暇(ひま)ですか。

→

四　例：東京(とうきょう)・町(まち)（にぎやか）

→　A：東京(とうきょう)は　どんな　町(まち)ですか。
　　B：にぎやかな　町(まち)です。

1. 日本語(にほんご)の　先生(せんせい)・人(ひと)（面白(おもしろ)い）

→

2. 富士山(ふじさん)・山(やま)（高(たか)い）

→

3. 紅毛城(こうもうじょう)・所(ところ)（有名(ゆうめい)）

→

會話

♪62

小林：お元気ですか。

林：はい、元気です。

小林：日本語の　勉強は　どうですか。

林：そうですね。とても　面白いです。そして、楽しいです。

小林：先生は　どんな　人ですか。

林：ちょっと　厳しいですが、いい　人です。

小林：そうですか。大変でしょうが、頑張って　ください。

林：はい、頑張ります。

會話翻譯

小林：您好嗎？

林：是的，很好。

小林：日文課上得如何？

林：嗯～。很有趣，而且很愉快。

小林：老師是怎樣的人呢？

林：有點嚴格，但是人很好。

小林：這樣子啊～。雖然很辛苦，但是請加油。

林：是的，我會加油的。

文型解說

1. 日語形容詞簡介

日語中的形容詞，依其活用變化不同可分為兩大類。

第一類稱為「い形容詞」：因為字尾皆為「い」，在字典及一些文法書中又稱之為「形容詞」。例如：「高い」（貴的、高的）、「面白い」（有趣的）、「おいしい」（好吃的）、「暑い」（熱的）、「新しい」（新的）等。在連接名詞時直接接續該名詞即可。

今日は　暑いです。　今天很熱。

今日は　いい　天気です。　今天是好天氣。

鈴木先生は　面白い　人です。　鈴木老師是個有趣的人。

第二類稱之為「な形容詞」：乍看之下很像名詞，但是因為具有修飾功能，在字典及一些文法書中又稱之為「形容動詞」。例如：「有名」（有名）、「親切」（親切）、「静か」（安靜）、「にぎやか」（熱鬧）、「ハンサム」（英俊）等。而在連接名詞時要用「な」來連接該名詞。

あの　先生は　ハンサムです。　那位老師很英俊。

士林夜市は　有名な　所です。　士林夜市是個有名的地方。

奈良は　静かな　町です。　奈良是個安靜的城市。

2.「～です。そして、～です。」和「～ですが、～です。」

同時使用兩個性質相同的形容詞來描述同一人、事、物時，我們會用「～です。そして、～です。」這個句型，譯為「～。而且～。」；但是若前後的形容詞性質相反時，則需要用逆接的「が」來做連接，譯為「（雖然）～，但是～。」。

小林先生は　綺麗です。そして、親切です。　小林老師很漂亮，而且親切。

日本語の　勉強は　難しいですが、面白いです。　學日文雖然難，但是有趣。

3. 形容詞的否定表現

「い形容詞的否定表現」是要將字尾的「い」變成「く」後再加「ないです」，較正式的說法則為「ありません」。但是「いい」（好的）改成否定時則要用「よい」（好的）這個字來改。

高~~い~~　＋　くないです　＝　高くないです
高~~い~~　＋　くありません　＝　高くありません
いい（よ~~い~~）＋　くないです　＝　よくないです
いい（よ~~い~~）＋　くありません　＝　よくありません
この　雑誌は　新しくないです。　這本雜誌不是新的。
この　辞書は　よくないです。　這本字典不好。

「な形容詞的否定表現」則和「名詞」一樣，只要把「です」的部分改成「じゃ　ありません」，較正式的說法則為「では　ありません」即可。

静か~~です~~　＋　じゃ　ありません　＝　静かじゃ　ありません
静か~~です~~　＋　では　ありません　＝　静かでは　ありません
日曜日は　暇じゃ（では）　ありません。　星期天沒空。

4. 程度的表現

「程度的表示」：「ちょっと」（有點～）、「とても」（非常～；很～）和「あまり」（不太～；不是很～）都是程度副詞，放在形容詞前面修飾形容詞。「あまり」通常後面接否定表現。

今日は　あまり　暑くないです。　今天不太熱。

高橋先生は　あまり　ハンサムじゃ（では）　ありません。　高橋老師不太英俊。

5.「～（名詞）～は　どうですか。」

此問句是用來詢問對方，對於見過或經歷過的人、事、物、地有何印象、想法或意見，譯為「～怎麼樣？；～如何？」。

A：日本の　天気は　どうですか。　日本的天氣如何呢？

B：いい　天気ですが、ちょっと　寒いです。　好天氣，但是有點冷。

A：台湾の　食べ物は　どうですか。　台灣的食物怎麼樣呢？

B：安いです。そして、おいしいです。　便宜，而且好吃。

6.「～（名詞1）～は　どんな　（名詞2）ですか。」

此問句用來詢問或要求對方，針對（名詞1）做描述或說明，譯為「（名詞1）是怎麼樣的（名詞2）呢？」。「どんな」通常連接名詞一起使用。

1. A：東京は　どんな　町ですか。　東京是個怎麼樣的城市呢？

   B：にぎやかな　町です。　熱鬧的城市。

2. A：英語の　先生は　どんな　人ですか。　英文老師是個怎麼樣的人呢？

   B：若い　人です。　年輕的人。

文型例文生字

♪63

	重音	假名	漢字 / 原文	中文
1.	4	おもしろい	面白い	有趣的；好玩的；風趣的
2.	2	あつい	暑い	熱的
3.	0	ゆうめい（な）	有名（な）	有名（的）
4.	2	ふるい	古い	舊的
5.	1	きれい（な）	綺麗（な）	漂亮（的）；乾淨（的）
6.	2	まち	町	城市；城鎮
7.	1	しずか（な）	静か（な）	安靜（的）

代換練習生字

♪63

	重音	假名	漢字 / 原文	中文
8.	3	たのしい	楽しい	愉快的
9.	1・1	よい・いい		好的
10.	1	べんり（な）	便利（な）	方便（的）
11.	2	やすい	安い	便宜的
12.	3 0	おいしい		好吃的；美味的
13.	0	そして		而且
14.	2	たかい	高い	貴的；高的
15.	1	ハンサム（な）	handsome	英俊（的）
16.	1	しんせつ（な）	親切（な）	親切（的）
17.	4	いそがしい	忙しい	忙的；忙碌的
18.	4 0	むずかしい	難しい	難的；困難的
19.	1	げんき（な）	元気（な）	有活力（的）；健康（的）
20.	0	ひま（な）	暇（な）	空閒（的）；有空（的）
21.	2	にぎやか（な）		熱鬧（的）；繁榮（的）
22.	3	ところ	所	地方；場所

會話生字

♪63

	重音	假名	漢字 / 原文	中文
23.	3	きびしい	厳しい	嚴格的；嚴厲的
24.	0	たいへん	大変	辛苦
25.		がんばって　ください	頑張って　ください	請加油；請努力
26.	5 0	がんばります	頑張ります	加油；努力

練習

一、請選出下列生字正確的讀音

例：（②）高校生	①こうこせい	②こうこうせい	③こうこうせ
（　）1. 暑い	①あつい	②あずい	③やつい
（　）2. 面白い	①おましろい	②おもしろい	③おもくろい
（　）3. 難しい	①むずかしい	②むすかしい	③むずがしい
（　）4. 楽しい	①たのしい	②のたしい	③したのい
（　）5. 厳しい	①ぎびしい	②ぎひしい	③きびしい
（　）6. 綺麗	①きれい	②れいき	③いきれ
（　）7. 有名	①ゆめい	②ゆうめ	③ゆうめい
（　）8. 便利	①へんり	②べんり	③ぺんり
（　）9. 親切	①しんせつ	②しせつ	③しんせ
（　）10. 所	①どごろ	②どころ	③ところ

二、是非題（對的句子請畫〇，錯的句子請畫 ×）

1.（　）　台湾（たいわん）の　ＭＲＴ（エムアールティー）は　とても　便利（べんり）です。

2.（　）　勉強（べんきょう）は　楽（たの）しいくないです。

3.（　）　鈴木先生（すずきせんせい）は　あまり　元気（げんき）じゃ　ありません。

4.（　）　台湾料理（たいわんりょうり）は　安（やす）いですが、おいしいです。

5.（　）　日本語（にほんご）の　勉強（べんきょう）は　難（むずか）しいです。そして　面白（おもしろ）いです。

三、請將下列句子重組

例：おいしいです / の / 食(た)べ物(もの)は / が / 日本(にほん) / 高(たか)いです

→ 日本(にほん)の　食(た)べ物(もの)は　高(たか)いですが、おいしいです。

1. か / の / は / 今(いま) / いかが / 仕事(しごと) / です

→

2. どんな / です / は / 東京(とうきょう) / 町(まち) / か

→

3. とても / そして / 有名(ゆうめい)です / にぎやかです / 士林夜市(しりんよいち)は

→

4. 学校(がっこう)の　先生(せんせい)は / 厳(きび)しいですが / とても / ちょっと / いい　人(ひと)です

→

四、請將下列句子翻譯

例：老師是怎麼樣的人呢？

→ 先生(せんせい)は　どんな　人(ひと)ですか。

1. 台灣現在非常熱。

→

2. 下星期不太忙碌。

→

3. 學校的課非常有趣，而且愉快。

→

4. 工作雖然辛苦，但是請加油。

→

聽力練習

♪64

例：日本語（にほんご）は　難（むずか）しくないです。　（ ○ ）

1. 田中（たなか）さんは　とても　元気（げんき）です。　（　　）

2. 明日（あした）は　忙（いそが）しくないです。　（　　）

3. 今日（きょう）　日本（にほん）の　天気（てんき）は　暑（あつ）いです。　（　　）

4. 京都（きょうと）は　静（しず）かです。そして、綺麗（きれい）です。　（　　）

豆知識 4

認識日本的場所

你知道日本人最常去的地方是哪裡嗎?

レストラン

スポーツクラブ

居酒屋（いざかや）

デパート

スーパー

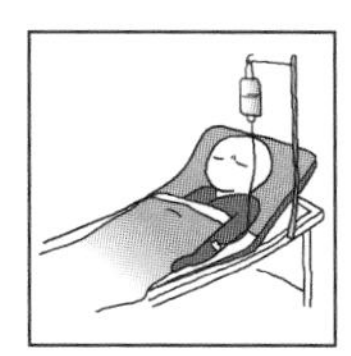

病院（びょういん）

喫茶店（きっさてん）

銀行（ぎんこう）

教室活動：猜猜我是誰

活動說明：聽聽看老師所形容的人物是誰？

例：あの　人(ひと)は　髪(かみ)が　長(なが)いです。

あの　人(ひと)は　目(め)が　大(おお)きいです。

あの　人(ひと)は　鼻(はな)が　高(たか)いです。

あの　人(ひと)は　かばんが　新(あたら)しいです。

あの　人(ひと)は　スカートが　短(みじか)いです。

あの　人(ひと)は　誰(だれ)ですか。

田中(たなか)さん

中村(なかむら)さん

山田(やまだ)さん

小林(こばやし)さん

王(おう)さん

李(りー)さん

陳(ちん)さん

林(りん)さん

解答：田中(たなか)さんです。

私は　旅行が　好きです。

◎學習目標

1. 學習表達個人對於事物的喜好、厭惡及能力。
2. 學習表達個人所擁有的事物內容。

本課文型：

1. ______は　______が　好きです。
2. ______は　______が　上手です。
3. ______は　______が　わかります。
4. ______は　______が　あります。

文型 ♪65

1. 田中(たなか)さんは　勉強(べんきょう)が　好(す)きです。

2. 陳(ちん)さんは　歌(うた)が　上手(じょうず)です。

3. 私(わたし)は　英語(えいご)が　わかります。

4. 木村(きむら)さんは　パソコンが　あります。

例文 ♪65

1. 木村(きむら)：陳(ちん)さんは　映画(えいが)が　好(す)きですか。
   陳(ちん)：はい、好(す)きです。
   いいえ、好(す)きじゃ（では）　ありません。

2. 木村(きむら)：陳(ちん)さんは　どんな　映画(えいが)が　好(す)きですか。
   陳(ちん)：アニメが　好(す)きです。

3. 木村(きむら)：陳(ちん)さんは　フランス語(ご)が　わかりますか。
   陳(ちん)：はい、わかります。
   いいえ、わかりません。

4. 木村(きむら)：陳(ちん)さんは　自転車(じてんしゃ)が　ありますか。
   陳(ちん)：はい、あります。
   いいえ、ありません。

代換練習

一　例：李（りー）さんは　旅行（りょこう）が　好（す）きですか。

→ はい、（とても）好（す）きです。
いいえ、（あまり）好（す）きじゃ（では）　ありません。

1. 中村（なかむら）さんは　勉強（べんきょう）が　嫌（きら）いですか。

→

2. 王（おう）さんは　料理（りょうり）が　上手（じょうず）ですか。

→

3. 田村（たむら）さんは　英語（えいご）が　下手（へた）ですか。

→

二　例：料理（りょうり）（台湾料理（たいわんりょうり））

→ A：どんな　料理（りょうり）が　好（す）きですか。
B：台湾料理（たいわんりょうり）が　好（す）きです。

1. 飲み物（のみもの）（ジュース）

→

2. 果物（くだもの）（メロン）

→

3. スポーツ（野球（やきゅう））

→

三　例：王(おう)さんは　かたかなが　わかりますか。

→　はい、（よく・大体(だいたい)・少(すこ)し）わかります。

いいえ、（あまり・全然(ぜんぜん)）わかりません。

1. 中村(なかむら)さんは　英語(えいご)が　わかりますか。

→

2. 李(りー)さんは　漢字(かんじ)が　わかりますか。

→

3. 田村(たむら)さんは　北京語(ペキンご)が　わかりますか。

→

四　例：李(りー)さんは　お金(かね)が　ありますか。

→　はい、（たくさん・少(すこ)し）あります。

いいえ、（あまり・全然(ぜんぜん)）ありません。

1. 田村(たむら)さんは　デジカメが　ありますか。

→

2. 王(おう)さんは　携帯(けいたい)が　ありますか。

→

3. 中村(なかむら)さんは　パソコンが　ありますか。

→

會話

♪66

中村（なかむら）：王（おう）さんは　アニメが　好（す）きですか。

王（おう）：はい、大好（だいす）きです。

中村（なかむら）：じゃ、宮崎駿（みやざきはやお）の　アニメ、一緒（いっしょ）に　見（み）ませんか。

王（おう）：いいですね。いつですか。

中村（なかむら）：今週（こんしゅう）の　土曜日（どようび）です。

王（おう）：あっ、すみません、土曜日（どようび）は　ちょっと……（都合（つごう）が　悪（わる）いんです）。

中村（なかむら）：そうですか。残念（ざんねん）ですね。

王（おう）：また　今度（こんど）　お願（ねが）いします。

會話翻譯

中村：王先生（小姐）喜歡卡通嗎？

王：是的，最喜歡了。

中村：那要不要一起看宮崎駿的卡通呢？

王：好啊！什麼時候呢？

中村：這個星期六。

王：啊！對不起！星期六有點……（不太方便）。

中村：這樣啊！真是遺憾。

王：麻煩下次再約我。

文型解說

1. 名詞が（好きです・嫌いです・上手です・下手です）。

日語中會使用助詞「が」來作為提示個人的喜好、厭惡、能力、所有物等對象內容。而「好き」（喜歡）、「嫌い」（討厭）、「上手」（拿手）、「下手」（不擅長）等「な形容詞」的程度表達，肯定時常使用「とても（とっても）」（非常）這個副詞；否定時用「あまり（あんまり）」（不太）和「全然」（完全不）這兩個副詞。

另外「嫌い」（討厭）雖然是「い」結尾，但是「嫌い」是「な形容詞」，並非是「い形容詞」，要特別注意喔。

1. 私は　日本料理が　とても　好きです。　我很喜歡日本料理。
2. 私は　旅行が　あまり　好きじゃ（では）　ありません。　我不太喜歡旅行。
3. 私は　運動が　嫌いです。　我討厭運動。
4. 私は　あの　人が　嫌いじゃ（では）　ありません。　我不討厭那個人。
5. 王さんは　英語が　とても　上手です。　王先生（小姐）的英文很棒。
6. 王さんは　歌が　下手です。　王先生（小姐）歌唱得很不好。

2. 名詞が　わかります。

「わかります」是動詞，譯為「了解知道某事」。動詞肯定形為「～ます」，動詞否定形為「～ません」，同樣用助詞「が」來提示了解知道的內容。而程度表達，肯定時常使用「よく」（很）、「大体」（大致）和「少し」（稍微、一點）這三個副詞；否定時則用「あまり（あんまり）」和「全然」這兩個副詞。

1. 私は　日本語が　少し　わかります。　我懂一點日文。
2. 私は　漢字が　大体　わかります。　漢字我大致都懂。
3. 王さんは　韓国語が　全然　わかりません。　王先生（小姐）完全不懂韓文。

3. 名詞が　あります。

「あります」也是動詞，用來表達個人擁有的事物，同樣用助詞「が」來提示擁有的對象。而程度的表達，肯定時常用「たくさん」（很多）和「少（すこ）し」這兩個副詞；否定時則用「あまり（あんまり）」、「全然（ぜんぜん）」這兩個副詞。

1. 私（わたし）は　日本語（にほんご）の　辞書（じしょ）が　あります。　我有日文字典。
2. 私（わたし）は　お金（かね）が　あまり　ありません。　我不太有錢。
3. 王（おう）さんは　明日（あした）　用事（ようじ）が　あります。　王先生（小姐）明天有事。

文型例文生字

67

	重音	假名	漢字 / 原文	中文
1.	0	べんきょう	勉強	唸書；學習
2.	2	すき（な）	好き（な）	喜歡（的）；喜愛（的）
3.	3	じょうず（な）	上手（な）	拿手（的）；擅長（的）
4.	4	わかります		懂；明白；會
5.	3	あります		有
6.	1	どんな		什麼～；怎樣的～
7.	5	フランスりょうり	フランス料理	法國菜；法國料理
8.	2 0	じてんしゃ	自転車	腳踏車

代換練習生字

67

	重音	假名	漢字 / 原文	中文
9.	0	きらい（な）	嫌い（な）	不喜歡（的）；討厭（的）
10.	2	へた（な）	下手（な）	不拿手（的）；不擅長（的）
11.	3 2	のみもの	飲み物	飲料
12.	1	ジュース	juice	果汁
13.	2	くだもの	果物	水果
14.	1	メロン	melon	哈密瓜
15.	2	スポーツ	sport	運動
16.	0	やきゅう	野球	棒球
17.	1	よく		非常；很；十分
18.	0	だいたい	大体	大致；大概
19.	2	すこし	少し	一點點；一些
20.	0 3	たくさん		很多

會話生字 ♪67

	重音	假名	漢字 / 原文	中文
21.	1	いつ		何時；什麼時候
22.	0	こんしゅう	今週	這週；這星期
23.		つごうが　わるい	都合が　悪い	（時間）不方便
24.	3	ざんねん	残念	遺憾；可惜
25.	1	だいすき	大好き	最喜歡
26.	1	こんど	今度	下回；下次

MEMO

練習

一、請選出下列生字正確的讀音

例：（②）高校生	①こうこせい	②こうこうせい	③こうこうせ
（　）1. 好き	①つき	②ずき	③すき
（　）2. 嫌い	①きらい	②きあい	③ぎらい
（　）3. 自転車	①じでんしゃ	②しでんしゃ	③じてんしゃ
（　）4. 旅行	①りょこ	②りょうこ	③りょこう
（　）5. 勉強	①べんきょう	②べんきょ	③べきょう
（　）6. 果物	①ぐだもの	②ぐたもの	③くだもの
（　）7. 野球	①やあきゅう	②やきゅう	③やきゅ
（　）8. 哈密瓜	①メロン	②ノロン	③メーロン
（　）9. 大体	①だいだい	②だいたい	③たいだい
（　）10. 残念	①ざんねん	②ざねん	③ざんね

二、是非題（對的句子請畫○，錯的句子請畫×）

1.（　）　私(わたし)は　日本語(にほんご)の　勉強(べんきょう)を　好(す)きです。

2.（　）　木村(きむら)さんは　歌(うた)が　よく　上手(じょうず)です。

3.（　）　田中(たなか)さんは　英語(えいご)が　大変(たいへん)　わかります。

4.（　）　陳(ちん)さんは　携帯(けいたい)が　全然(ぜんぜん)　あります。

5.（　）　明日(あした)　少(すこ)し　時間(じかん)が　あります。

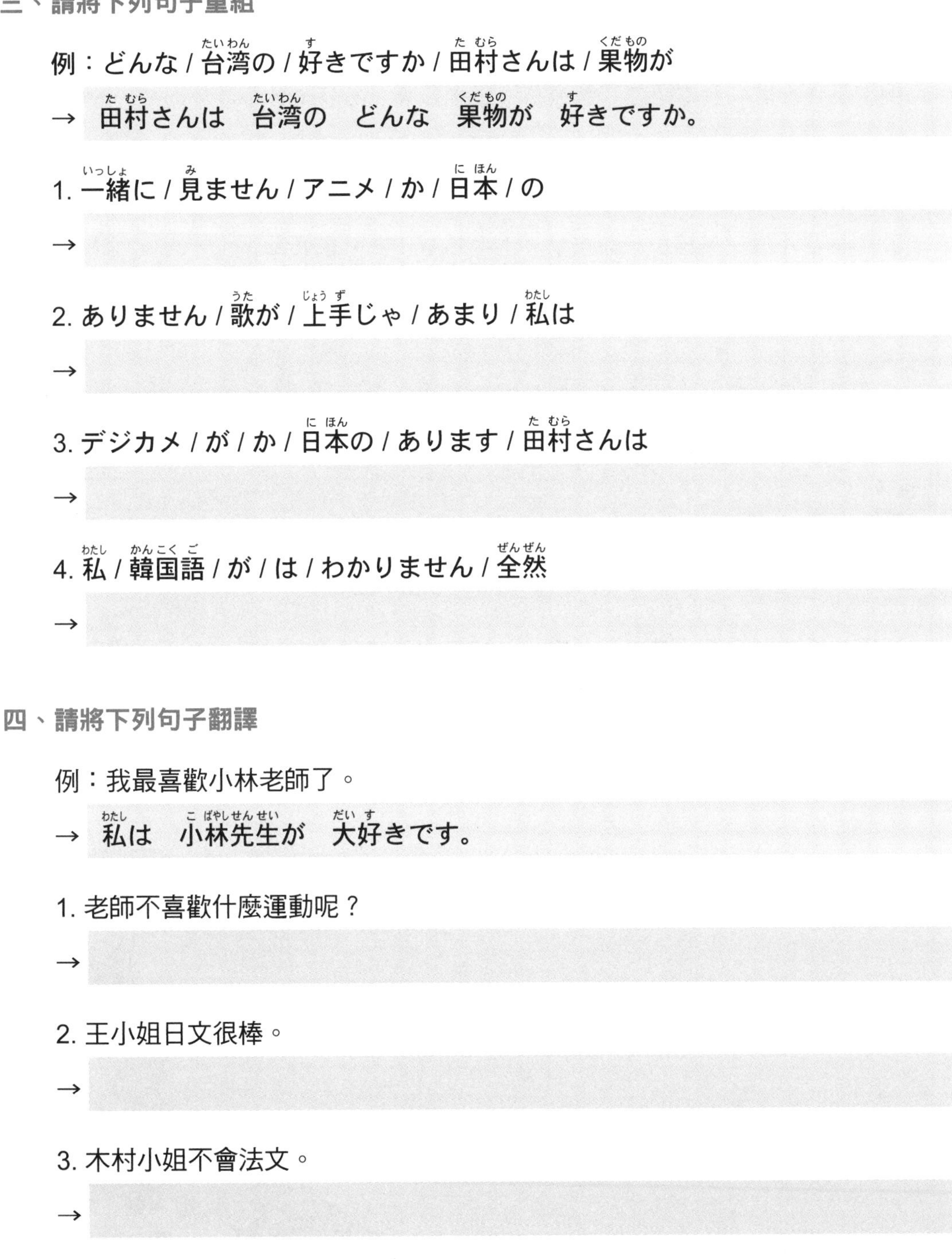

三、請將下列句子重組

例：どんな / 台湾の / 好きですか / 田村さんは / 果物が

→ 田村さんは　台湾の　どんな　果物が　好きですか。

1. 一緒に / 見ません / アニメ / か / 日本 / の

→

2. ありません / 歌が / 上手じゃ / あまり / 私は

→

3. デジカメ / が / か / 日本の / あります / 田村さんは

→

4. 私 / 韓国語 / が / は / わかりません / 全然

→

四、請將下列句子翻譯

例：我最喜歡小林老師了。

→ 私は　小林先生が　大好きです。

1. 老師不喜歡什麼運動呢？

→

2. 王小姐日文很棒。

→

3. 木村小姐不會法文。

→

4. 我這星期天不太方便。

→

聽力練習

♪68

例：王さんは　日本語の　勉強が　好きじゃ　ありません。　（　×　）

1. 陳さんは　新しい　運動が　とても　好きです。　（　　）

2. 小林さんは　英語が　あまり　上手じゃ　ありません。　（　　）

3. 木村さんは　中国語が　少し　わかります。　（　　）

4. 明日　日本語の　勉強が　ありません。　（　　）

豆知識 5

認識日本的春分

舊曆立春的前一天「春分」（春分），日本人又稱之為「豆まき」（撒豆節），你知道日本人在撒豆子的時候會說哪句話嗎？

教室活動：找出回答「是」的人

活動說明：『はい』の人を探しましょう！（找出回答「是」的人，把名字寫下來。）

日本の　歌が　好きですか。	（　　）	勉強が　嫌いですか。	（　　）
歌が　上手ですか。	（　　）	日曜日　約束が　ありますか。	（　　）
日本料理が　好きですか。	（　　）	相撲が　嫌いですか。	（　　）
漢字が　わかりますか。	（　　）	明日　用事が　ありますか。	（　　）
旅行が　好きですか。	（　　）	料理が　上手ですか。	（　　）
韓国語が　わかりますか。	（　　）	お金が　ありますか。	（　　）
テレビが　嫌いですか。	（　　）	英語が　上手ですか。	（　　）
フランス語が　わかりますか。	（　　）	ひらがなが　わかりますか。	（　　）
車が　ありますか。	（　　）	クラシックが　嫌いですか。	（　　）
ダンスが　上手ですか。	（　　）	かたかなが　わかりますか。	（　　）
絵が　上手ですか。	（　　）	先生が　好きですか。	（　　）
今の　仕事が　嫌いですか。	（　　）	パソコンが　ありますか。	（　　）

MEMO

私は　毎朝　7時に　起きます。

◎學習目標

1. 復習時間起訖「～から～まで」之用法。
2. 學習動作發生時間點助詞「に」及動作受詞助詞「を」之用法。
3. 初步認識日語動詞用法。

本課文型：

1. ______は　______に　起きます。
2. ______は　______から　______まで　働きます。
3. ______は　______に　______を　勉強します。

文型

♪69

1. 私(わたし)は　毎朝(まいあさ)　7時(しちじ)に　起(お)きます。

2. 陳(ちん)さんは　月曜日(げつようび)から　金曜日(きんようび)まで　働(はたら)きます。

3. 李(りー)さんは　毎朝(まいあさ)　10時(じゅうじ)に　日本語(にほんご)を　勉強(べんきょう)します。

例文

♪69

1. 加藤(かとう)：陳(ちん)さんは　毎晩(まいばん)　何時(なんじ)に　寝(ね)ますか。
   陳(ちん)：毎晩(まいばん)　11時(じゅういちじ)に　寝(ね)ます。

2. 小林(こばやし)：林(りん)さんは　何曜日(なんようび)から　何曜日(なんようび)まで　勉強(べんきょう)しますか。
   林(りん)：月曜日(げつようび)から　金曜日(きんようび)まで　勉強(べんきょう)します。

3. 王(おう)：佐藤(さとう)さんは　いつ　英語(えいご)を　勉強(べんきょう)しますか。
   佐藤(さとう)：毎週(まいしゅう)　木曜日(もくようび)（に）　勉強(べんきょう)します。
   王(おう)：じゃ、学校(がっこう)の　休(やす)みは　いつですか。
   佐藤(さとう)：土曜日(どようび)と　日曜日(にちようび)です。

代換練習

一　例：1時・5時・働きます

→ A：何時から　何時まで　働きますか。
　B：1時から　5時まで　働きます。

1. 火曜日・木曜日・日本語を　勉強します

→

2. 土曜日・月曜日・休みます

→

3. 水曜日・金曜日・働きます

→

二　例：私・毎朝　8時・起きます

→ A：毎朝、何時に　起きますか。
　B：私は　毎朝　8時に　起きます。

1. 銀行・3時半・終わります

→

2. レストラン・11時・始まります

→

3.王さん・毎晩　12時・寝ます

→

三　例：李(りー)さん・毎朝(まいあさ)　10時(じゅうじ)・日本語(にほんご)を　勉強(べんきょう)します

→　A：李(りー)さんは　いつ　日本語(にほんご)を　勉強(べんきょう)しますか。
　　B：李(りー)さんは　毎朝(まいあさ)　10時(じゅうじ)に　日本語(にほんご)を　勉強(べんきょう)します。

1. 田中(たなか)さん・毎日(まいにち)　午後(ごご)　3時(さんじ)・買物(かいもの)を　します

→

2. 林(りん)さん・毎週(まいしゅう)　金曜日(きんようび)・野球(やきゅう)を　します

→

3. 佐藤(さとう)さん・毎晩(まいばん)　9時(くじ)・宿題(しゅくだい)を　します

→

會話

♪70

小林：こんにちは。

林：こんにちは。

小林：林さん、今日は　何曜日ですか。

林：（今日は）　木曜日です。

小林：そうですか。テストは　いつですか。

林：テストは　金曜日の　朝　9時から　１１時までです。

小林：ありがとう　ございました。

林：いいえ、どういたしまして。

會話翻譯

小林：午安！

林：午安！

小林：林同學，今天是星期幾呢？

林：（今天是）星期四。

小林：是喔！小考是什麼時候呢？

林：小考是星期五的早上九點到十一點。

小林：謝謝！

林：不客氣！

文型解說

1. Aは　有數字的時間＋に＋動詞。

此句助詞「に」指動作發生的時間點。於固定、明確時間做某事時，一定要加「に」；另外，當固定時間為星期時，「に」可省略。

譯為「A在～時間，做～」。

私は　毎朝　7時に　起きます。　我每天早上七點起床。

陳さんは　日曜日（に）　テニスを　します。　陳先生（小姐）星期天打網球。

2. Aは　時間1から　時間2まで＋動詞。

此句助詞「～から～まで」在第七課中有提過，指時間起迄，本課在時間後面加了動詞，可表示在一定範圍時間內做某動作。譯為「A從～時間至～時間做～」。若是兩個時間緊臨，就用「と」表示。

銀行は　9時から　3時半までです。　銀行營業從九點到三點半。

銀行の　休みは　土曜日と　日曜日です。　銀行於星期六和星期日休息。

3. 學習動詞片語：名詞を　動詞。

①名詞與動詞之間要放助詞「を」。如：「日本語を　勉強します」（學習日語），此片語中的「を」可解釋為日語是被學習的內容，所以要加「を」。在第十二課出現「を」之用法亦同，如：「ごはんを　食べます」（吃飯），可解釋為飯是被吃的食物。

②動作性名詞＋を＋します（做～）

動作性名詞是指字面上含有做此動作之意的名詞。如：「お花見（賞花）、旅行（旅行）、仕事（工作）」等。在這些名詞後面加上「を」再加上「します」，就可以表示做此動作。

買物を　します。 購物。

野球を　します。 打棒球。

星期記憶小訣竅

許多同學都會為了背星期幾而困擾，特別是金、木、水、火、土該如何與星期連結。別擔心，以下告訴你該如何記憶。

星期二 → **火曜日** 因為火有兩點。

星期三 → **水曜日** 因為三點水。

星期四 → **木曜日** 因為木四劃。

星期五 → **金曜日** 因為五金行。

星期六 → **土曜日** 星期六要加班會覺得灰頭土臉，或放假去「七逃（要用台語說喔！）」。

星期日 → **日曜日**

星期一 → **月曜日**

因為有日就有月，日是星期日，月就是星期一。

日語動詞簡介

♪71

在學習日語的過程中，動詞常被學習者視為難以突破的關卡，本書不對日語動詞變化做詳盡介紹，改以動詞「ます形」來說明日語動詞四個時態（即：現在肯定式、現在否定式、過去肯定式、過去否定式）。日語中沒有完成式，只分現在、過去及肯定、否定。只要是指「現在、未來、習慣、定理」皆用現在式表現；只要是指「過去的時間」，則一律用過去式表現。

中文	現在肯定	現在否定	過去肯定	過去否定
工作	働(はたら)きます	働(はたら)きません	働(はたら)きました	働(はたら)きませんでした
起床	起(お)きます	起(お)きません	起(お)きました	起(お)きませんでした
睡覺	寝(ね)ます	寝(ね)ません	寝(ね)ました	寝(ね)ませんでした
唸書	勉強(べんきょう)します	勉強(べんきょう)しません	勉強(べんきょう)しました	勉強(べんきょう)しませんでした

文型例文生字 ♪71

	重音	假名	漢字 / 原文	中文
1.	1 0	まいあさ	毎朝	每天早上
2.	3	おきます	起きます	起床
3.	3	げつようび	月曜日	星期一
4.	3	きんようび	金曜日	星期五
5.	5	はたらきます	働きます	工作
6.	7	べんきょうします	勉強します	學習；唸書
7.	1 0	まいばん	毎晩	每天晚上
8.	2	ねます	寝ます	睡覺
9.	3	なんようび	何曜日	星期幾
10.	0	まいしゅう	毎週	每星期
11.	3	もくようび	木曜日	星期四
12.	2	どようび	土曜日	星期六
13.	3	にちようび	日曜日	星期日

代換練習生字 ♪71

	重音	假名	漢字 / 原文	中文
14.	2	かようび	火曜日	星期二
15.	4	やすみます	休みます	休息
16.	3	すいようび	水曜日	星期三
17.	4	おわります	終わります	結束
18.	5	はじまります	始まります	開始
19.	0	かいもの	買い物	買東西
20.	2	します		做
21.	0	しゅくだい	宿題	作業

會話生字 ♪71

	重音	假名	漢字 / 原文	中文
22.	1	きょう	今日	今天
23.	1	テスト	test	考試；測驗

練習

一、請選出下列生字正確的讀音

例：（②）高校生	①こうこせい	②こうこうせい	③こうこうせ
（　）1. 月曜日	①けつようび	②げつようび	③げっようび
（　）2. 火曜日	①かようび	②くようび	③かようひ
（　）3. 水曜日	①ずいようび	②すいようひ	③すいようび
（　）4. 木曜日	①もくようび	②もぐようび	③もくようひ
（　）5. 金曜日	①きようび	②きんようび	③ぎんようび
（　）6. 土曜日	①とようび	②どうようび	③どようび
（　）7. 毎週	①まいしゅ	②まいしゅう	③ましゅう
（　）8. 毎朝	①まいあさ	②もいあさ	③まいあざ
（　）9. 休みます	①やずみます	②やすみます	③やすむます
（　）10. 終ります	①おわります	②おれります	③おねります

二、請依下列提示的助詞完成句子（助詞可重複使用）

に、　から、　まで、　を

1. 私(わたし)は　毎朝(まいあさ)　6時(ろくじ)（　　　）　起(お)きます。

2. 田中(たなか)さんは　月曜日(げつようび)（　　　）　木曜日(もくようび)（　　　）　働(はたら)きます。

3. テストは　9時(くじ)（　　　）　始(はじ)まります。

4. 毎晩(まいばん)　8時(はちじ)（　　　）　日本語(にほんご)（　　　）　勉強(べんきょう)します。

三、請將下列句子重組

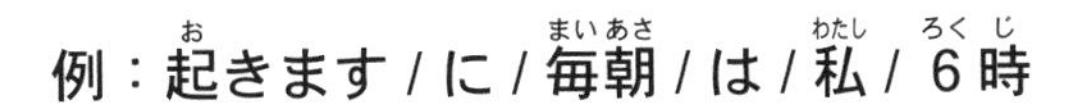

例：起きます / に / 毎朝 / は / 私 / 6時

→ 私は　毎朝　6時に　起きます。

1. は / から / まで / 王さん / 火曜日 / 土曜日 / 働きます

→

2. 何時 / 寝ます / 毎晩 / か / に

→

3. です / 9時 / 5時 / から / 学校 / は / まで

→

4. 日本語 / か / 勉強します / を / いつ

→

四、請將下列句子翻譯

例：我每晚十點睡覺。

→ 私は　毎晩　10時に　寝ます。

1. 小考從早上九點到九點半。

→

2. 從星期五到星期日休息。

→

3. 學校四點結束。

→

4. 我每週三打棒球。

→

聽力練習

♪72

例：今日(きょう)は　土曜日(どようび)です。　（　○　）

1. 林(りん)さんは　毎朝(まいあさ)　8時(はちじ)に　起(お)きます。　（　　）

2. 田中(たなか)さんは　毎晩(まいばん)　１１時(じゅういちじ)に　寝(ね)ます。　（　　）

3. 王(おう)さんは　毎週(まいしゅう)　水曜日(すいようび)に　勉強(べんきょう)します。　（　　）

4. 陳(ちん)さんは　火曜日(かようび)から　土曜日(どようび)まで　働(はたら)きます。　（　　）

認識日本的名園與知名溫泉

日本有名的三大名園是：1.偕楽園(かいらくえん)（茨城県水戸市(いばらきけんみとし)）、2.兼六園(けんろくえん)（石川県金沢市(いしかわけんかなざわし)）、3.後楽園(こうらくえん)（岡山県岡山市(おかやまけんおかやまし)），那日本有名的三大溫泉是哪三大呢？

教室活動：描述生活作息

活動說明：請用本課句型描述李同學的生活。

李同學的行程

<table>
<tr><th></th><th>月</th><th>火</th><th>水</th><th>木</th><th>金</th><th>土</th><th>日</th></tr>
<tr><td colspan="8">毎朝(まいあさ)　7時(しちじ)に　起(お)きます。　每天早上七點起床。</td></tr>
<tr><td>08:00</td><td></td><td></td><td></td><td></td><td></td><td rowspan="3">アルバイトを　します。
打工。</td><td></td></tr>
<tr><td>10:00</td><td colspan="5">10:00～12:00　日本語(にほんご)を　勉強(べんきょう)します。　唸日文。</td><td></td></tr>
<tr><td>12:00</td><td></td><td></td><td></td><td></td><td></td><td></td></tr>
<tr><td>14:00</td><td colspan="5">12:00 ～ 13:00　休(やす)みます。　休息。
13:00 ～ 15:00　英語(えいご)を　勉強(べんきょう)します。　唸英文。</td><td rowspan="2">友達(ともだち)と
遊(あそ)びます。
和朋友玩。</td><td></td></tr>
<tr><td>16:00</td><td>野球(やきゅう)を
します。
打棒球。</td><td></td><td>水泳(すいえい)を
します。
游泳。</td><td></td><td>買物(かいもの)を
します。
買東西。</td><td></td></tr>
<tr><td>18:00</td><td></td><td></td><td></td><td></td><td></td><td></td><td></td></tr>
<tr><td>20:00</td><td colspan="5">20:00 ～ 21:00　宿題(しゅくだい)を　します。　做作業。</td><td></td><td></td></tr>
<tr><td>22:00</td><td></td><td></td><td></td><td></td><td></td><td></td><td></td></tr>
<tr><td colspan="8">毎晩(まいばん)　１１時(じゅういちじ)に　寝(ね)ます。　每天晚上十一點睡覺。</td></tr>
</table>

MEMO

林（りん）さんは　東京（とうきょう）へ　行（い）きます。

◎學習目標

1. 學習日語中的「來去動詞」之用法。
2. 學習助詞「へ」、「と」、「で」的用法，可用於描述前往某處、和誰前往、搭什麼交通工具前往。

本課文型：

1. ＿＿＿は　＿＿＿へ　行（い）きます。
2. ＿＿＿は　＿＿＿と　＿＿＿へ　来（き）ます。
3. ＿＿＿は　＿＿＿で　＿＿＿へ　帰（かえ）ります。
4. ＿＿＿は　＿＿＿（に）　＿＿＿へ　帰（かえ）ります。

文型 ♪73

1. 林(りん)さんは　東京(とうきょう)へ　行(い)きます。

2. 林(りん)さんは　明日(あした)　陳(ちん)さんと　ここへ　来(き)ます。

3. 王(おう)さんは　バスで　家(うち)へ　帰(かえ)ります。

4. 小林(こばやし)さんは　日曜日(にちようび)（に）　国(くに)へ　帰(かえ)ります。

例文 ♪73

1. 加藤(かとう)：明日(あした)　どこへ　行(い)きますか。
　陳(ちん)：大阪(おおさか)へ　行(い)きます。

2. 小林(こばやし)：来週(らいしゅう)の　月曜日(げつようび)　誰(だれ)と　日本(にほん)へ　行(い)きますか。
　林(りん)：友達(ともだち)と　行(い)きます。
　一人(ひとり)で　行(い)きます。

3. 佐藤(さとう)：王(おう)さんは　何(なん)で　寮(りょう)へ　帰(かえ)りますか。
　王(おう)：ＭＲＴ(エムアールティー)で　（寮(りょう)へ）　帰(かえ)ります。
　歩(ある)いて　帰(かえ)ります。

4. 陳(ちん)：小林(こばやし)さんは　いつ　国(くに)へ　帰(かえ)りますか。
　小林(こばやし)：６月１日(ろくがつついたち)に　帰(かえ)ります。

代換練習

一　例：陳（ちん）さん・学校（がっこう）・行（い）きます

→ A：陳（ちん）さんは　どこへ　行（い）きますか。
B：学校（がっこう）へ　行（い）きます。

1. 王（おう）さん・駅（えき）・行（い）きます

→

2. 加藤（かとう）さん・本屋（ほんや）・行（い）きます

→

3. 田中（たなか）さん・会社（かいしゃ）・行（い）きます

→

二　例：李（りー）さん・友達（ともだち）・台南（たいなん）・行（い）きます

→ A：李（りー）さんは　誰（だれ）と　台南（たいなん）へ　行（い）きますか。
B：友達（ともだち）と　行（い）きます。

1. 林（りん）さん・妹（いもうと）さん・デパート・行（い）きます

→

2. 佐藤（さとう）さん・兄（あに）・大阪（おおさか）・行（い）きます

→

3. 小林（こばやし）さん・クラスメート・図書館（としょかん）・行（い）きます

→

三　例：佐藤(さとう)さん・電車(でんしゃ)・家(うち)・帰(かえ)ります

→　A：佐藤(さとう)さんは　何(なん)で　家(うち)へ　帰(かえ)りますか。

　　B：電車(でんしゃ)で　帰(かえ)ります。

1. 田中(たなか)さん・タクシー・実家(じっか)・帰(かえ)ります

→

2. 小林(こばやし)さん・地下鉄(ちかてつ)・家(うち)・帰(かえ)ります

→

3. 陳(ちん)さん・車(くるま)・田舎(いなか)・帰(かえ)ります

→

四　例：林(りん)さん・9月20日(くがつはつか)・京都(きょうと)・行(い)きます

→　A：林(りん)さんは　いつ　京都(きょうと)へ　行(い)きますか。

　　B：9月20日(くがつはつか)に　行(い)きます。

1. 李(りー)さん・７月１４日(しちがつじゅうよっか)・国(くに)・帰(かえ)ります

→

2. 王(おう)さん・来週(らいしゅう)の　火曜日(かようび)・美術館(びじゅつかん)・行(い)きます

→

3. 佐藤(さとう)さん・来週(らいしゅう)の　木曜日(もくようび)・台湾(たいわん)・行(い)きます

→

會話

♪74

　林：夏休み(なつやす)は　どこへ　行(い)きますか。

小林：沖縄(おきなわ)へ　行(い)きます。

　林：沖縄(おきなわ)ですか。いいですね。いつ　行(い)きますか。

小林：７月１５日(しちがつじゅうごにち)に　行(い)きます。

　林：誰(だれ)と　行(い)きますか。

小林：家族(かぞく)と　行(い)きます。

　林：何(なん)で　行(い)きますか。

小林：船(ふね)で　行(い)きます。

會話翻譯

　林：暑假要去哪裡呢？

小林：去沖繩。

　林：沖繩啊！真好！什麼時候去呢？

小林：七月十五日去。

　林：和誰去呢？

小林：和家人去。

　林：搭什麼去呢？

小林：要搭船去。

文型解說

1. Aは　地名 / 地方へ　行きます。

本課要學習三個表示「移動動作」的「來去動詞」，有「行きます」（去）、「来ます」（來）和「帰ります」（回）。而這三個動詞前面的助詞「へ」發音要唸成「え（e）」，表示移動方向，譯為「A前往某地」。

去 A要前往的地方都可以用「去」

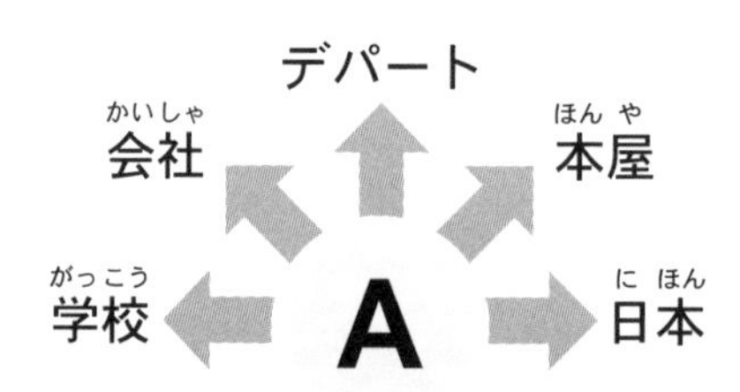

來 A目前所在的位置都可以用「來」

回 家、國家或自己所屬單位或組織都可以用「回」

林さんは　東京へ　行きます。　林先生（小姐）去東京。

明日　王さんは　学校へ　来ます。　明天王同學來學校。

今日　田中さんは　日本へ　帰ります。　今天田中先生（小姐）回日本。

2. Aは　Bと　地名 / 地方へ　行(い)きます。

句中助詞「と」，指和某人一起做某動作，但如果是一個人單獨做某動作時則用「一人(ひとり)で」表示。因此本句譯為「A和B前往某地」。

林(りん)さんは　友達(ともだち)と　高雄(たかお)へ　行(い)きます。　林先生（小姐）和朋友去高雄。

李(リー)さんは　一人(ひとり)で　台中(たいちゅう)へ　行(い)きます。　李先生（小姐）一個人去台中。

加藤(かとう)さんは　王(おう)さんと　デパートへ　行(い)きます。
加藤先生（小姐）和王先生（小姐）去百貨公司。

3. Aは　交通工具で　家(うち)へ　帰(かえ)ります。

句中的助詞「で」用於表示「手段、工具、方法」，在此句中是指搭乘交通工具，譯為「A搭交通工具回家」。但如果是步行前往，則要用「歩(ある)いて」，因為「步行」為動作，故不能使用「で」，譯為「A走路回家」。

王(おう)さんは　バイクで　家(うち)へ　帰(かえ)ります。　王同學騎摩托車回家。

田中(たなか)さんは　飛行機(ひこうき)で　国(くに)へ　帰(かえ)ります。　田中先生（小姐）搭飛機回國。

林(りん)さんは　八里(バーリー)から　船(ふね)で　淡水(たんすい)へ　行(い)きます。
林先生（小姐）從八里搭船到淡水。

王(おう)さんは　東京(とうきょう)から　新幹線(しんかんせん)で　大阪(おおさか)へ　来(き)ます。
王先生（小姐）從東京搭新幹線來大阪。

私(わたし)は　歩(ある)いて　家(うち)へ　帰(かえ)ります。　我走路回家。

本課動詞的變化 ♪75

中文	現在肯定	現在否定	過去肯定	過去否定
去	行（い）きます	行（い）きません	行（い）きました	行（い）きませんでした
回家	帰（かえ）ります	帰（かえ）りません	帰（かえ）りました	帰（かえ）りませんでした
來	来（き）ます	来（き）ません	来（き）ました	来（き）ませんでした

文型例文生字 ♪75

	重音	假名	漢字 / 原文	中文
1.	3	いきます	行きます	去
2.	3	あした	明日	明天
3.	2	きます	来ます	來
4.	1	バス	bus	巴士；公車
5.	0	うち	家	家
6.	4	かえります	帰ります	回來
7.	0	ともだち	友達	朋友
8.	2	ひとり	一人	一個人
9.	1	りょう	寮	宿舍
10.	2	あるいて	歩いて	走路

代換練習生字 ♪75

	重音	假名	漢字 / 原文	中文
11.	2	びよういん	美容院	美容院
12.	4	クラスメート	classmate	同學
13.	2	としょかん	図書館	圖書館
14.	0 1	でんしゃ	電車	電車
15.	1	タクシー	taxi	計程車
16.	0	じっか	実家	老家；娘家
17.	0	ちかてつ	地下鉄	地下鐵
18.	0	くるま	車	自用轎車；汽車
19.	0	いなか	田舎	鄉下；故鄉
20.	0	らいしゅう	来週	下週

會話生字 ♪75

	重音	假名	漢字 / 原文	中文
21.	1	かぞく	家族	家人
22.	1	ふね	船	船

練習

一、請選出下列生字正確的讀音

例：（②）高校生	①こうこせい	②こうこうせい	③こうこうせ
（　）1. 飛行機	①びこうき	②ひこうき	③ひこうぎ
（　）2. 誕生日	①たんじょうび	②だんじょうび	③たんしょうび
（　）3. 実家	①じつか	②じっか	③じか
（　）4. 歩いて	①あろいて	②あるいで	③あるいて
（　）5. 電車	①でんしゃ	②てんしゃ	③でんじゃ
（　）6. 田舍	①いけか	②いなか	③いたか
（　）7. 同學	①クラスメート	②クラスメード	③グラスメート
（　）8. 自転車	①じでんしゃ	②じてんしゃ	③じでんじゃ
（　）9. 摩托車	①ハイグ	②バイグ	③バイク
（　）10. 一人	①ひとり	②びとり	③ひどり

二、請依下列提示的助詞完成句子（助詞可重複使用）

で、　に、　と、　へ

1. 王(おう)さんは　MRT(エムアールティー)（　　　）　淡水(たんすい)（　　　）　行(い)きます。

2. 田中(たなか)さんは　家族(かぞく)（　　　）　京都(きょうと)（　　　）　行(い)きます。

3. 加藤(かとう)さんは　一人(ひとり)（　　　）　国(くに)（　　　）　帰(かえ)ります。

4. 李(りー)さんは　10月10日(じゅうがつとおか)（　　　）　行(い)きます。

三、請將下列句子重組

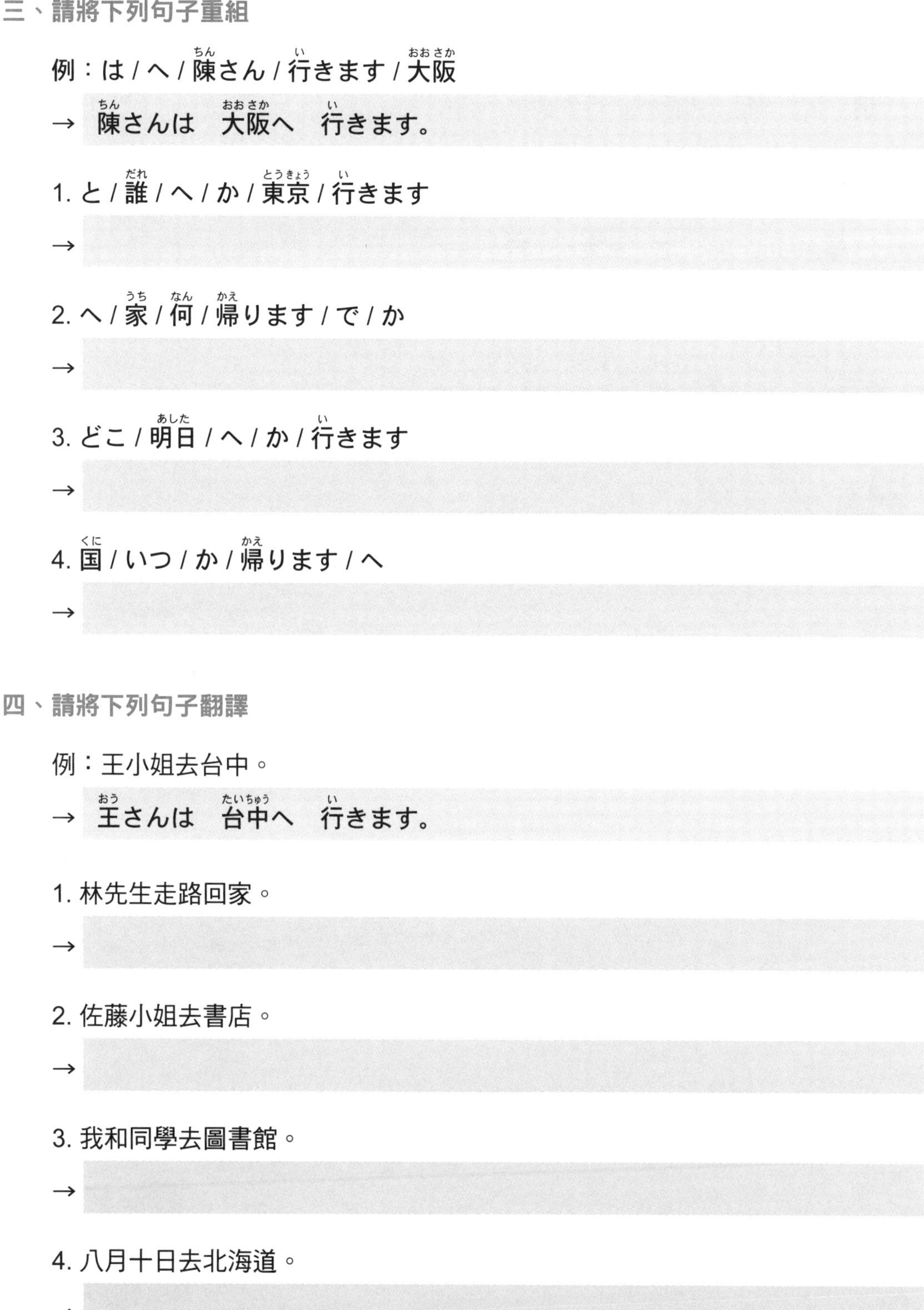

例：は / へ / 陳(ちん)さん / 行(い)きます / 大阪(おおさか)

→ 陳(ちん)さんは　大阪(おおさか)へ　行(い)きます。

1. と / 誰(だれ) / へ / か / 東京(とうきょう) / 行(い)きます

→

2. へ / 家(うち) / 何(なん) / 帰(かえ)ります / で / か

→

3. どこ / 明日(あした) / へ / か / 行(い)きます

→

4. 国(くに) / いつ / か / 帰(かえ)ります / へ

→

四、請將下列句子翻譯

例：王小姐去台中。

→ 王(おう)さんは　台中(たいちゅう)へ　行(い)きます。

1. 林先生走路回家。

→

2. 佐藤小姐去書店。

→

3. 我和同學去圖書館。

→

4. 八月十日去北海道。

→

聽力練習 ♪76

例：林さんは　大阪へ　行きます。　（ ○ ）

1. 田中さんは　2月4日に　国へ　帰ります。　（　　）

2. 陳さんは　一人で　東京へ　行きます。　（　　）

3. 加藤さんは　明日　国へ　帰ります。　（　　）

4. 林さんは　電車で　学校へ　行きます。　（　　）

認識日本的湖泊與高山

日本第一大湖是「琵琶湖」（琵琶湖）（滋賀県）670.33km²，日本最長的海底鐘乳石洞是「広部ガマ」（廣部海底鐘乳石洞）（沖縄県恩納村）640m，那日本最高的山是在哪裡呢？

教室活動：假期計畫

活動說明：述說夢想中的假期計畫。兩人一組，依下列提示用日語問對方。

第一步：問對方要去哪裡？

京都（京都）
沖縄（沖繩）
パリ（巴黎）
東京ディズニーランド（東京迪士尼樂園）
ハワイ（夏威夷）
ベニス（義大利的威尼斯）
バリ島（峇里島）

第二步：問對方要搭什麼交通工具去哪裡？

船（船）
飛行機（飛機）
新幹線（新幹線）
バス（巴士）
ヘリコプター（直升機）
タクシー（計程車）

第三步：問對方要和誰去哪裡？

有名人（名人）
白雪姫（白雪公主）
王子様（王子）
大統領（總統）
桃太郎（桃太郎）
ドラえもん（哆啦A夢）
ルフィ（海賊王裡的魯夫）

第四步：問對方什麼時間去哪裡？

明日（明天）　来週（下星期）
来年（明年）　お正月（新年）
夏休み（暑假）　冬休み（寒假）

第五步：請同學一一發表自己夢想中的假期計畫。

例：私は 時間 人物と 交通工具で 地方へ 行きます。

食堂(しょくどう)で　王(おう)さんと　昼(ひる)ごはんを　食(た)べます。

◎學習目標

1. 復習助詞「と」的用法。
2. 學習表動作發生之場所助詞「で」之用法，可描述在某地與人用餐、購物等。

本課文型：

1. ＿＿＿で　＿＿＿を　食(た)べます。
2. ＿＿＿と　＿＿＿を　食(た)べます。
3. ＿＿＿で　＿＿＿と　＿＿＿を　食(た)べます。

文型 ♪77

1. 食堂(しょくどう)で　昼(ひる)ごはんを　食(た)べます。

2. 王(おう)さんと　昼(ひる)ごはんを　食(た)べます。

3. 食堂(しょくどう)で　王(おう)さんと　昼(ひる)ごはんを　食(た)べます。

例文 ♪77

1. 加藤(かとう)：すみません。どこで　朝(あさ)ごはんを　買(か)いますか。
　　陳(ちん)：いつも　コンビニで　（朝(あさ)ごはんを）　買(か)います。

2. 田中(たなか)：すみません。一人(ひとり)で　晩(ばん)ごはんを　食(た)べますか。
　　林(りん)：いいえ、陳(ちん)さんと　（晩(ばん)ごはんを）　食(た)べます。

3. 佐藤(さとう)：今日(きょう)（は）　どこで　林(りん)さんと　お茶(ちゃ)を　飲(の)みますか。
　　王(おう)：近(ちか)くの　喫茶店(きっさてん)で　（林(りん)さんと）（お茶(ちゃ)を）　飲(の)みます。

代換練習

一　例：学校・朝ごはん・食べます

→ A：いつも　どこで　朝ごはんを　食べますか。
B：学校で　食べます。

1. 家・水餃子・食べます

→

2. 夜店・パパイヤミルク・飲みます

→

3. コンビニ・おでん・買います

→

二　例：林さん・昼ごはん・食べます

→ A：誰と　昼ごはんを　食べますか。
B：林さんと　食べます。

1. 黄さん・しゃぶしゃぶ・食べます

→

2. 王さん・コーヒー・飲みます

→

3. 加藤さん・お土産・買います

→

三　例：いつも・レストラン・陳（ちん）さん・晩（ばん）ごはん・食（た）べます

→　いつも　レストランで　陳（ちん）さんと　晩（ばん）ごはんを　食（た）べます。

1. いつも・学校（がっこう）・王（おう）さん・おやつ・食（た）べます

→

2. 時々（ときどき）・家（うち）・妹（いもうと）・豆乳（とうにゅう）・飲（の）みます

→

3. よく・デパート・友達（ともだち）・洋服（ようふく）・買（か）います

→

會話

♪78

小林：おはよう　ございます。

林：おはよう　ございます。

小林：林さんは　いつも　家で　朝ごはんを　食べますか。

林：いいえ、（私は）　時々　学校で　食べます。小林さんは？

小林：私は　よく　寮で　朝ごはんを　食べます。

林：そうですか。今日　一人で　図書館へ　行きますか。

小林：いいえ、田中さんと　行きます。林さんも　行きますか。

林：いいえ、私は　王さんと　黄さんの　家へ　行きます。

會話翻譯

小林：早安！

林：早安！

小林：林同學總是在家裡吃早餐嗎？

林：不，（我）有時候會在學校吃。小林同學呢？

小林：我經常在宿舍吃早餐。

林：是這樣啊。今天，你一個人去圖書館嗎？

小林：不，我和田中同學一起去。林同學也要去嗎？

林：不，我和王同學要去黃同學的家。

文型解說

1. A ＋ と ＋ 動詞。

句中助詞「と」為第十一課學過的助詞，指一起做動作的對象。譯為「與A，做～」；若是沒有一起做動作的對象，則用「一人で」來表示一個人單獨做動作，譯為「一個人做～」。

王さんと　昼ごはんを　食べます。　與王先生（小姐）一起吃中餐。

一人で　昼ごはんを　食べます。　一個人吃中餐。

2. 場所 ＋ で ＋動詞。

句中助詞「で」，表「動作發生之場所」，譯為「在～做～」。第十一課所學助詞「で」，前面是放「交通工具」，表示「手段、工具、方法」。

食堂で　昼ごはんを　食べます。　在餐廳吃中餐。

スーパーで　野菜を　買います。　在超市買菜。

バスで　学校へ　行きます。　搭公車去學校。（請參考第十一課）

3. 場所で ＋ Aと＋ 動詞。

此句型為文型1和2之合併表現在同一句子中，可以表達出在某場所與A做某事，譯為「在某場所與A做～」。

食堂で　王さんと　ごはんを　食べます。　在餐廳和王先生（小姐）吃飯。

図書館で　林さんと　勉強します。　和林先生（小姐）在圖書館唸書。

デパートで　陳さんと　本を　買います。　和陳先生（小姐）在百貨公司買書。

本課動詞的變化

♪79

中文	現在肯定	現在否定	過去肯定	過去否定
吃	食(た)べます	食(た)べません	食(た)べました	食(た)べませんでした
喝	飲(の)みます	飲(の)みません	飲(の)みました	飲(の)みませんでした
買	買(か)います	買(か)いません	買(か)いました	買(か)いませんでした

文型例文生字

79

	重音	假名	漢字 / 原文	中文
1.	0	しょくどう	食堂	餐廳；（員工、學校）餐廳
2.	3	ひるごはん	昼ごはん	中餐
3.	3	たべます	食べます	吃
4.	3	あさごはん	朝ごはん	早餐
5.	3	かいます	買います	購買
6.	9	コンビニエンスストア 略：0 コンビニ	convenience store	便利商店
7.	3	ばんごはん	晩ごはん	晚餐
8.	3	のみます	飲みます	喝
9.	2 1	ちかく	近く	附近
10.	0 3	きっさてん	喫茶店	咖啡廳

代換練習生字

79

	重音	假名	漢字 / 原文	中文
11.	3	すいぎょうざ	水餃子	水餃
12.	0	よみせ	夜店	夜市
13.	5	パパイヤミルク	papayamilk	木瓜牛奶
14.	2	おでん		黑輪
15.	0	しゃぶしゃぶ		涮涮鍋
16.	0	おみやげ	お土産	土產；伴手禮
17.	2	おやつ		點心
18.	0	とうにゅう	豆乳	豆漿
19.	0	ようふく	洋服	西服

會話生字

79

	重音	假名	漢字 / 原文	中文
20.	1	いつも		總是
21.	0	ときどき	時々	有時候

練習

一、請選出下列生字正確的讀音

例：（②）高校生	①こうこせい	②こうこうせい	③こうこうせ
（　）1. 食堂	①しょくとう	②しょくどう	③じょくどう
（　）2. 昼	①ひる	②あさ	③ばん
（　）3. 夜店	①よみせん	②よみぜ	③よみせ
（　）4. 點心	①おやつ	②おうやつ	③おっやつ
（　）5. お土産	①おみやけ	②おみやげ	③おおみやげ
（　）6. 水餃子	①すいきょうざ	②すぎょうざ	③すいぎょうざ
（　）7. 黑輪	①おでん	②おれん	③おてん
（　）8. 豆乳	①どうにゅう	②とうにゅう	③とにゅう
（　）9. 涮涮鍋	①しゃふしゃふ	②じゃぶじゃぶ	③しゃぶしゃぶ
（　）10. 時々	①ときどき	②どきとき	③どきどき

二、請依下列提示的助詞完成句子（助詞可重複使用）

で、　と、　へ、　は

1. 今日(きょう)は　林(りん)さん（　　　）　晩(ばん)ごはんを　食(た)べます。

2. 明日(あした)　一人(ひとり)（　　　）　朝(あさ)ごはんを　食(た)べます。

3. 来週(らいしゅう)　田中(たなか)さん（　　　）　デパート（　　　）　行(い)きます。

4. いつも　デパート（　　　）　洋服(ようふく)を　買(か)います。

三、請將下列句子重組

例：で / 学校 / を / 食べます / 朝ごはん

→ 学校で　朝ごはんを　食べます。

1. コーヒー / コンビニ / 買います / で / を

→

2. 紅茶 / 飲みます / と / 陳さん / を

→

3. で / 家 / 弟 / を / 晩ごはん / 食べます / は

→

4. か / 一人 / を / 昼ごはん / 食べます / で

→

四、請將下列句子翻譯成日文

例：我在學校吃早餐。

→ 私は　学校で　朝ごはんを　食べます。

1. 我總是在家吃晚餐。

→

2. 陳小姐經常去便利商店買豆漿。

→

3. 我和李同學在圖書館唸書。

→

4. 王小姐一個人在咖啡廳喝咖啡。

→

聽力練習 ♪80

例：林さんは　食堂で　朝ごはんを　食べます。　（ ○ ）

1. 田中さんは　コンビニで　おやつを　買います。　（　　）

2. 王さんは　友達と　昼ごはんを　食べます。　（　　）

3. 今日　学校で　林さんと　勉強します。　（　　）

4. いつも　コンビニで　ミルクを　買います。　（　　）

認識日本的寺廟與神社

你知道日本的「お寺」（寺廟）與「神社」（神社）有何不同嗎？

教室活動：在什麼地方做什麼事

1. 活動說明：利用下列問題訪問同學，並將所得答案填寫於活動單後發表。

問題1：～さんは　日曜日(にちようび)　いつも　何(なに)を　しますか。

問題2：～さんは　今週(こんしゅう)の　日曜日(にちようび)　何(なに)を　しますか。

問題3：いつも　誰(だれ)と　どこで　朝(あさ)ごはんを　食(た)べますか。

問題4：今晩(こんばん)　誰(だれ)と　どこで　晩(ばん)ごはんを　食(た)べますか。

名前	問題1	問題2	問題3	問題4

2. 活動說明：利用這個句型「私(わたし)は　いつも　（地點）で　（動作）。」告訴大家，你都在這些地方做什麼？

映画館(えいがかん)	映画(えいが)を　見(み)ます。	デートを　します。
図書館(としょかん)	本(ほん)を　読(よ)みます。	コピーを　します。
教室(きょうしつ)	勉強(べんきょう)します。	寝(ね)ます。
食堂(しょくどう)	ごはんを　食(た)べます。	弁当(べんとう)を　買(か)います。
家(うち)	テレビを　見(み)ます。	音楽(おんがく)を　聞(き)きます。
スーパー	買(か)い物(もの)を　します。	ジュースを　買(か)います。
美術館(びじゅつかん)	絵(え)を　見(み)ます。	絵葉書(えはがき)を　買(か)います。

附　錄

❖ 附錄1：挨拶言葉(あいさつことば)（招呼用語）

挨拶言葉(あいさつことば)を読(よ)んでみよう！（唸出打招呼用語！）

スタート 開始	おはようございます。 早安。	こんにちは。 午安。	こんばんは。 晚安。	お休(やす)みなさい。 晚安。（睡覺前）
				さようなら。 再見。
いいえ、どういたしまして。 不，不客氣。	ありがとうございます。 謝謝您。	おそまつさまでした。 粗茶淡飯不成敬意。	ごちそうさまでした。 吃飽了。（吃飯後感謝語）	いただきます。 開動了。（吃飯前感謝語）
行(い)ってきます。 我要出門了。				
行(い)ってらっしゃい。 路上小心。	お待(ま)たせしました。 讓您久等了。	ただいま。 我回來了。	お帰(かえ)りなさい。 你回來了。	初(はじ)めまして。 初次見面。
				よろしくお願(ねが)いします。 請多多指教。
お邪魔(じゃま)します。 打擾了。	ごめんください。 有人在家嗎？	失礼(しつれい)します。 （進門或離開時的招呼語）	おかげさまで、元気(げんき)です。 託您的福，很好。	お元気(げんき)ですか。 您好嗎？
お先(さき)に失礼(しつれい)します。 我先行告退了。				
お疲(つか)れ様(さま)でした。 辛苦您了。	すみません。 對不起。	どうぞお大事(だいじ)に。 請多保重。	おめでとうございます。 恭喜。	ゴール 終點

❖ 附錄2：中国人（ちゅうごくじん）と日本人（にほんじん）の苗字（みょうじ）（中日姓氏）

中国人（ちゅうごくじん）の苗字（みょうじ）（中國人的姓氏）

丁（てい）	王（おう）	孔（こう）	方（ほう）	史（し）	石（せき）	古（こ）	白（はく）
包（ほう）	田（でん）	朱（しゅ）	江（こう）	呉（ご）	何（か）	沈（ちん）	宋（そう）
杜（と）	李（りー）	汪（おう）	呂（ろ）	邵（しょう）	林（りん）	周（しゅう）	金（きん）
邱（きゅう）	符（ふ）	孟（もう）	柳（りゅう）	胡（こ）	范（はん）	姚（よう）	洪（こう）
徐（じょ）	陳（ちん）	孫（そん）	唐（とう）	陸（りく）	翁（おう）	高（こう）	夏（か）
秦（しん）	郝（かく）	崔（さい）	陶（とう）	張（ちょう）	郭（かく）	許（きょ）	曹（そう）
莊（そう）	連（れん）	黄（こう）	馮（ふう）	程（てい）	湯（とう）	曾（そう）	温（おん）
游（ゆう）	傅（ふ）	鄒（すう）	彭（ほう）	童（どう）	詹（せん）	董（とう）	葉（よう）
賈（か）	楊（よう）	趙（ちょう）	廖（りょう）	蔣（しょう）	鄭（てい）	鄧（とう）	潘（はん）
劉（りゅう）	黎（れい）	錢（せん）	薛（せつ）	盧（ろ）	蕭（しょう）	謝（しゃ）	龍（りゅう）
魏（ぎ）	鐘（しょう）	簡（かん）	韓（かん）	譚（たん）	羅（ら）	鍾（しょう）	蘇（そ）

日本人（にほんじん）の苗字（みょうじ）（日本人的姓氏）

吉田（よしだ）	池田（いけだ）	前田（まえだ）	田中（たなか）	上田（うえだ）
佐藤（さとう）	加藤（かとう）	工藤（くどう）	斉藤（さいとう）	伊藤（いとう）
鈴木（すずき）	佐々木（ささき）	青木（あおき）	山本（やまもと）	山口（やまぐち）
山田（やまだ）	小山（おやま）	森山（もりやま）	中村（なかむら）	木村（きむら）
村上（むらかみ）	松本（まつもと）	橋本（はしもと）	中野（なかの）	中島（なかじま）
小林（こばやし）	小川（おがわ）	小泉（こいずみ）	石川（いしかわ）	川崎（かわさき）
徳川（とくがわ）	大岡（おおおか）	大久保（おおくぼ）	天野（あまの）	牧野（まきの）
浅野（あさの）	長野（ながの）	鹿島（かしま）	高島（たかしま）	福島（ふくしま）
高橋（たかはし）	清水（しみず）	阿部（あべ）	関口（せきぐち）	五十嵐（いがらし）

❖ 附録3：数字（すうじ）（數字）

0	1 ゼロ　1 れい	100	2 ひゃく
1	2 いち	200	3 にひゃく
2	1 に	300	1 さんびゃく
3	0 さん	400	1 よんひゃく
4	1 よん　1 し	500	3 ごひゃく
5	1 ご	600	0 ろっぴゃく
6	2 ろく	700	2 ななひゃく
7	1 なな　2 しち	800	4 はっぴゃく
8	2 はち	900	1 きゅうひゃく
9	1 きゅう　1 く	1000	1 せん
10	1 じゅう	2000	2 にせん
11	4 じゅういち	3000	3 さんぜん
12	3 じゅうに	4000	3 よんせん
13	1 じゅうさん	5000	2 ごせん
14	1 じゅうよん　3 じゅうし	6000	3 ろくせん
15	1 じゅうご	7000	3 ななせん
16	4 じゅうろく	8000	3 はっせん
17	3 じゅうなな　4 じゅうしち	9000	3 きゅうせん
18	4 じゅうはち	10,000	3 いちまん
19	1 じゅうきゅう　1 じゅうく	100,000	3 じゅうまん
20	1 にじゅう	1,000,000	3 ひゃくまん
30	1 さんじゅう	10,000,000	3 せんまん
40	1 よんじゅう	100, 000,000	2 いちおく
50	2 ごじゅう	0.38	れいてんさんはち
60	3 ろくじゅう	13.2	じゅうさんてんに
70	2 ななじゅう　3 しちじゅう	3.56	さんてんごろく
80	3 はちじゅう	二分之一	にぶんのいち
90	1 きゅうじゅう	四分之三	よんぶんのさん

活動1：数字（すうじ）すごろく（數字大富翁）

遊戲方式：

擲骰子決定前進的格子數，擲骰子的人須用日文正確唸出格子中的數字。比如說，走到「100」這一格就要唸出「百（ひゃく）です」。如果唸不出來就不前進，先抵達終點者勝利！

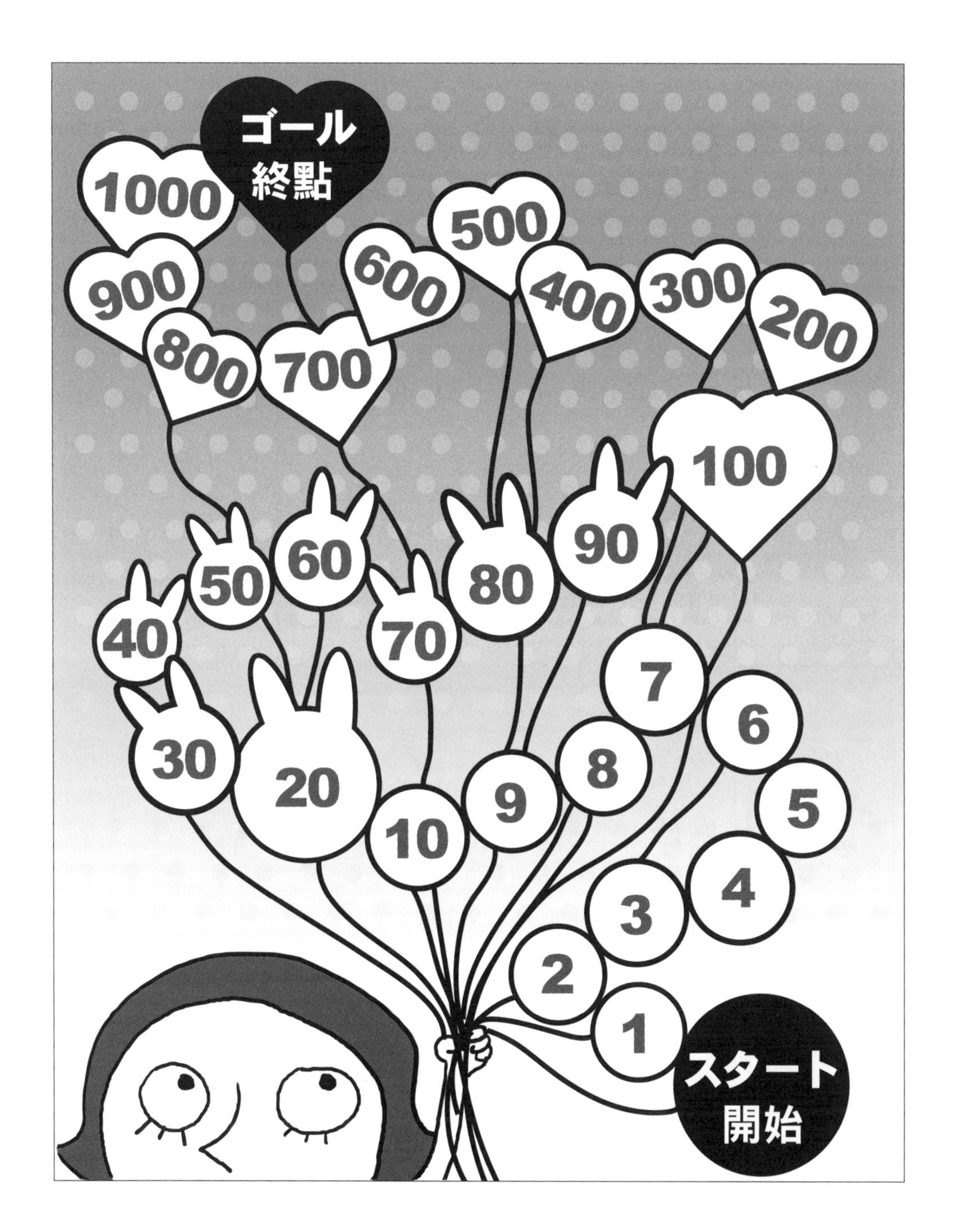

活動2：いくらですか。（多少錢？）

A：この　日本語の　辞書は　いくらですか。 這本日語字典多少錢呢？

B：　９　８０元です。 980元。

0 日本語の　1 辞書
980元

0 英語の　0 新聞
285元

0 電話
8,900元

0 パソコン
35,700元

1 チョコ
80元

1 ギター
16,650元

2 靴
1,360元

1 テレビ
12,400元

1 カメラ
19,500元

0 漫画
265元

活動3：電話番号（でんわばんごう）（電話號碼）

練習1

家（うち）の　電話番号（でんわばんごう）は　2532－1044（にごさんにのいちゼロよんよん）です。　家裡的電話號碼是2532-1044。

練習2

A：喫茶店（きっさてん）の　電話番号（でんわばんごう）は　何番（なんばん）ですか。　咖啡廳的電話號碼是幾號呢？

B：2392－8453（にさんきゅうにのはちよんごさん）です。　2392-8453。

0 家（うち）

2532－1044

0 居酒屋（いざかや）

2771－6500

0 学校（がっこう）

2679－6538

5 スポーツクラブ

2985－6521

1 銭湯（せんとう）

2841－2976

4 英語教室（えいごきょうしつ）

2543－5621

0 5 警察署（けいさつしょ）

110

0 3 喫茶店（きっさてん）

2392－8453

0 教会（きょうかい）

2733－4296

1 レストラン

2165－4511

3 郵便局（ゆうびんきょく）

2894－1536

2 デパート

2886－5214

0 銀行（ぎんこう）

2259－3357

0 病院（びょういん）

2455－1249

1 スーパー

2765－1463

❖ 附錄4：職業（しょくぎょう）（職業）

練習 1

私（わたし）は　学生（がくせい）です。 我是學生。

練習 2

A：王（おう）さんは　学生（がくせい）ですか。 王先生（小姐）是學生嗎？

B：はい、学生（がくせい）です。 是的，是學生。

練習 3

A：王（おう）さんは　先生（せんせい）ですか。 王先生（小姐）是老師嗎？

B：いいえ、先生（せんせい）じゃ（では）　ありません。 不，不是老師。

王（おう）

0 学生（がくせい）

小林（こばやし）

3 先生（せんせい）

林（りん）

3 会社員（かいしゃいん）

鈴木（すずき）

3 エンジニア

陳（ちん）

1 コック

豊田（とよた）

0 店員（てんいん）

キム

3 公務員（こうむいん）

楊（よう）

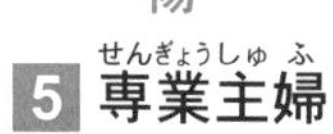

5 専業主婦（せんぎょうしゅふ）

マリー

3 看護師（かんごし）

木村（きむら）

2 家政婦（かせいふ）

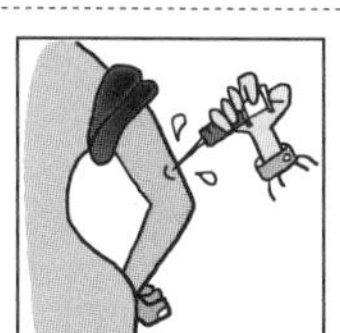

マイケル

0 医者（いしゃ）

田中（たなか）

4 セールスマン

❖ 附錄5：文房具・電器製品のすごろく（文具及電器用品大富翁）

遊戲方式：

一人先擲骰子決定前進的格子數，另一人問「これは　日本語で　何ですか」（這個用日文說是什麼呢？），擲骰子的人回答走到格子的內容。比如說，走到「原子筆」這一格就回答「ボールペンです」（原子筆）。如果回答不出來就不能前進，先抵達終點者勝利！（文具及電器用品的日文，請參考右頁！）

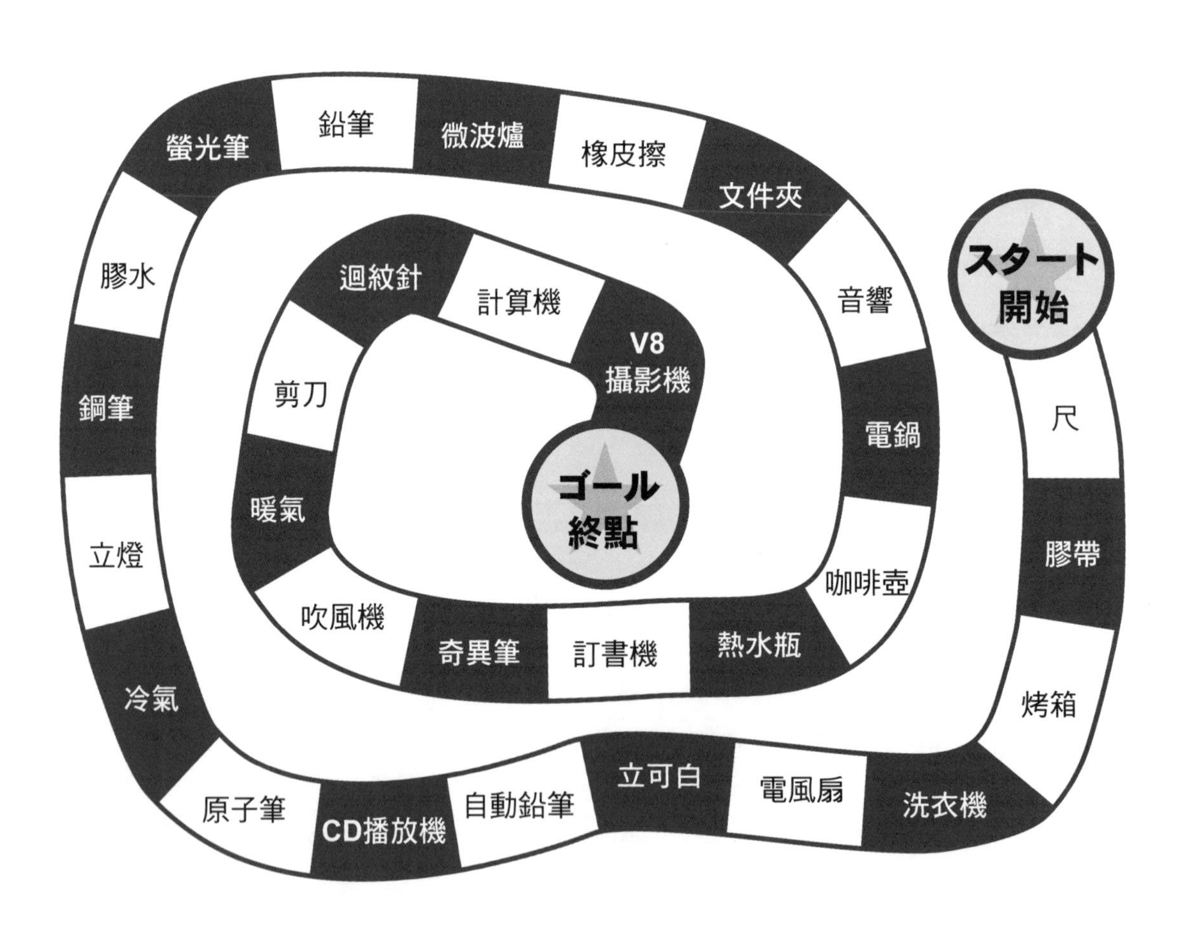

0 鉛筆（えんぴつ） 鉛筆	0 ボールペン 原子筆	3 万年筆（まんねんひつ） 鋼筆
0 シャーペン 自動鉛筆	0 蛍光ペン（けいこう） 螢光筆	1 マーカー 奇異筆
0 はさみ 剪刀	0 消しゴム（け） 橡皮擦	3 修正液（しゅうせいえき） 立可白
3 4 物差し（もの さ） 尺	0 電卓（でんたく） 計算機	2 クリップ 迴紋針
1 ホッチキス 訂書機	2 のり 膠水	1 ファイル 文件夾
1 テープ 膠帶	2 ドライヤー 吹風機	5 コーヒーメーカー 咖啡壺
6 ＣＤプレーヤー（シーディー） CD播放機	0 ステレオ 音響	4 電子レンジ（でん し） 微波爐
1 オーブン 烤箱	3 炊飯器（すいはん き） 電鍋	5 電気スタンド（でん き） 立燈
1 ポット 熱水瓶	4 洗濯機（せんたく き） 洗衣機	4 ビデオカメラ V8攝影機
0 エアコン 冷氣	1 ヒーター 暖氣	3 扇風機（せんぷう き） 電風扇

❖ 附錄6：日本の行政區（日本行政區）

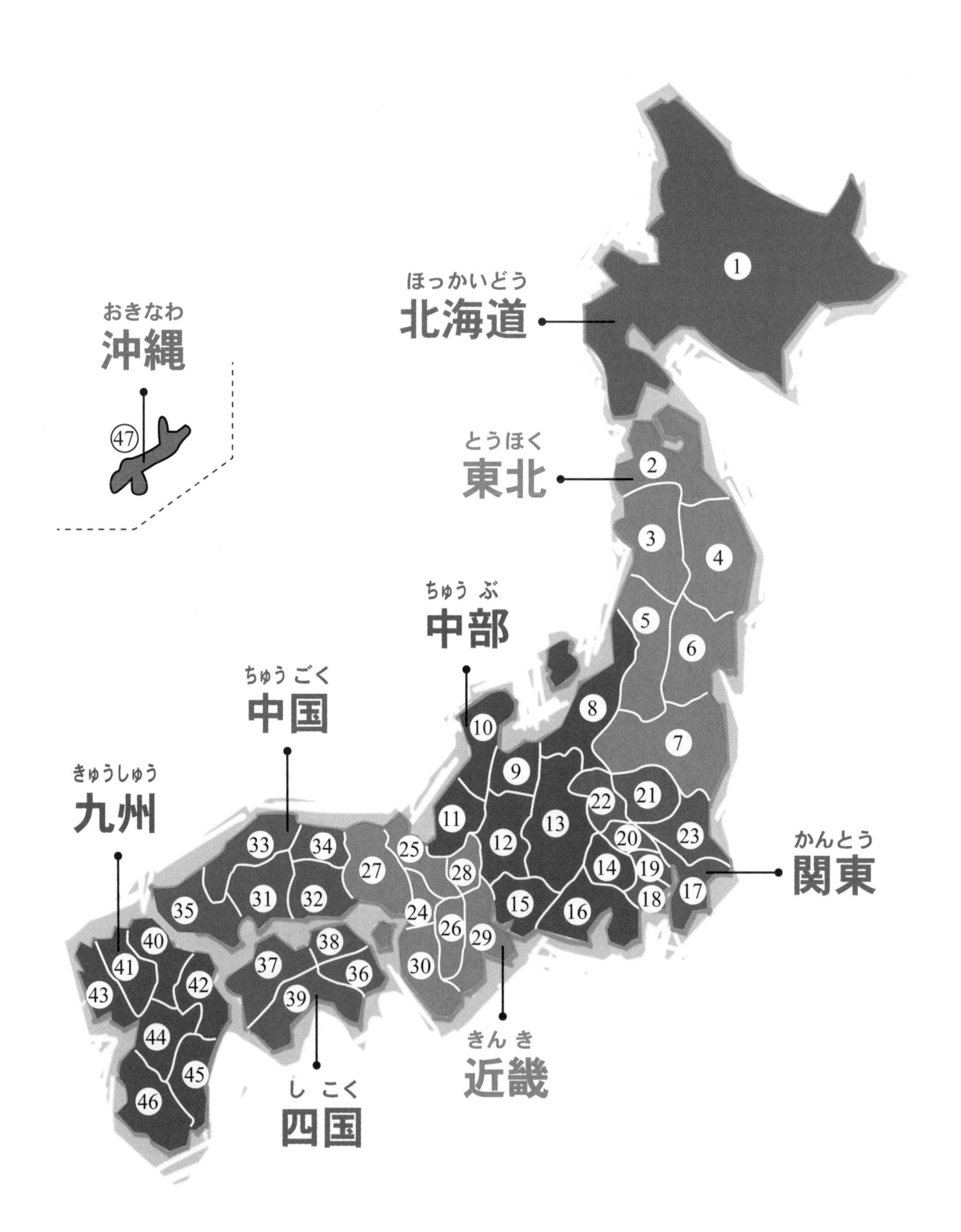

1 北海道（ほっかいどう）	13 長野県（ながのけん）	25 京都府（きょうとふ）	37 愛媛県（えひめけん）
2 青森県（あおもりけん）	14 山梨県（やまなしけん）	26 奈良県（ならけん）	38 香川県（かがわけん）
3 秋田県（あきたけん）	15 愛知県（あいちけん）	27 兵庫県（ひょうごけん）	39 高知県（こうちけん）
4 岩手県（いわてけん）	16 静岡県（しずおかけん）	28 滋賀県（しがけん）	40 福岡県（ふくおかけん）
5 山形県（やまがたけん）	17 千葉県（ちばけん）	29 三重県（みえけん）	41 佐賀県（さがけん）
6 宮城県（みやぎけん）	18 神奈川県（かながわけん）	30 和歌山県（わかやまけん）	42 大分県（おおいたけん）
7 福島県（ふくしまけん）	19 東京都（とうきょうと）	31 広島県（ひろしまけん）	43 長崎県（ながさきけん）
8 新潟県（にいがたけん）	20 埼玉県（さいたまけん）	32 岡山県（おかやまけん）	44 熊本県（くまもとけん）
9 富山県（とやまけん）	21 栃木県（とちぎけん）	33 島根県（しまねけん）	45 宮崎県（みやざきけん）
10 石川県（いしかわけん）	22 群馬県（ぐんまけん）	34 鳥取県（とっとりけん）	46 鹿児島県（かごしまけん）
11 福井県（ふくいけん）	23 茨城県（いばらきけん）	35 山口県（やまぐちけん）	47 沖縄県（おきなわけん）
12 岐阜県（ぎふけん）	24 大阪府（おおさかふ）	36 徳島県（とくしまけん）	

❖ 附錄7：時間（じかん）（時間）

	時		分
1	2 1時（いちじ）	1	1 1分（いっぷん）
2	1 2時（にじ）	2	1 2分（にふん）
3	1 3時（さんじ）	3	1 3分（さんぷん）
4	1 4時（よじ）	4	1 4分（よんぷん）
5	1 5時（ごじ）	5	1 5分（ごふん）
6	2 6時（ろくじ）	6	1 6分（ろっぷん）
7	2 7時（しちじ）	7	2 7分（ななふん） 2 7分（しちふん）
8	2 8時（はちじ）	8	1 8分（はっぷん）
9	1 9時（くじ）	9	1 9分（きゅうふん）
10	1 10時（じゅうじ）	10	1 10分（じゅっぷん） 1 10分（じっぷん）
11	4 11時（じゅういちじ）	11	1 15分（じゅうごふん）
12	3 12時（じゅうにじ）	12	3 30分（さんじゅっぷん） 3 30分（さんじっぷん） 1 半（はん）
?	1 何時（なんじ）	?	1 何分（なんぷん）

活動1：時間(じかん)を読(よ)んでみよう！（唸唸時間吧！）

活動2：起床時間(きしょうじかん)を聞(き)いてみよう！（問問起床時間吧！）

A：何時(なんじ)に　起(お)きますか。 每天幾點起床呢？

B：午前(ごぜん)　7時(しちじ)に　起(お)きます。 每天早上七點起床。

❖ 附錄8：形容詞（けいようし）・色（いろ）（形容詞・顏色）

形容詞（けいようし）（形容詞）

4 美（うつく）しい 美麗的	2 暑（あつ）い ↔ 2 寒（さむ）い 熱的　寒冷的	2 高（たか）い ↔ 2 安（やす）い 貴的　便宜的
3 楽（たの）しい 開心的	2 熱（あつ）い ↔ 3 冷（つめ）たい 熱的　冰的	2 長（なが）い ↔ 3 短（みじか）い 長的　短的
4 素晴（すば）らしい 很棒的	1 綺麗（きれい） ↔ 3 汚（きたな）い 乾淨；漂亮　髒的	0 重（おも）い ↔ 0 軽（かる）い 重的　輕的
4 細長（ほそなが）い 細長的	2 広（ひろ）い ↔ 2 狭（せま）い 寬的　狹窄的	3 上手（じょうず） ↔ 2 下手（へた） 厲害　不厲害
2 痛（いた）い 痛的	2 厚（あつ）い ↔ 0 薄（うす）い 厚的　薄的	2 細（ほそ）い ↔ 2 太（ふと）い 細的　粗的
3 寂（さび）しい 寂寞的	2 派手（はで） ↔ 2 地味（じみ） 華麗　樸素	1 良（よ）い ↔ 2 悪（わる）い 好的　不好的
4 大人（おとな）しい 文靜穩重的	2 速（はや）い ↔ 2 遅（おそ）い 快的　慢的	3 上品（じょうひん） ↔ 2 下品（げひん） 有品味　低級
0 2 眠（ねむ）い 想睡的	2 早（はや）い ↔ 2 遅（おそ）い 早的　晚的	1 便利（べんり） ↔ 1 不便（ふべん） 方便　不方便
0 有名（ゆうめい） 有名	2 好（す）き ↔ 0 嫌（きら）い 喜歡　討厭	2 強（つよ）い ↔ 2 弱（よわ）い 強的　弱的
0 素敵（すてき） 很棒	5 かっこういい 帥氣的；好看的	0 遠（とお）い ↔ 2 近（ちか）い 遠的　近的
2 若（わか）い 年輕的	3 うるさい 吵鬧的；囉嗦的	1 濃（こ）い ↔ 0 薄（うす）い 濃的　淡的

3 おかしい
奇怪的；好笑的

4 恥（は）ずかしい
害羞的

0 3 危（あぶ）ない
危險的

0 丈夫（じょうぶ）
堅固

2 辛（から）い
辣的

2 苦（にが）い
苦的

3 酸（す）っぱい
酸的

0 最高（さいこう）
最好；最棒

2 怖（こわ）い
害怕的

2 ユニーク
獨特

0 暇（ひま） ↔ 4 忙（いそが）しい
空閒　忙碌的

0 固（かた）い ↔ 4 柔（やわ）らかい
堅硬的　柔軟的

4 難（むずか）しい ↔ 3 易（やさ）しい
困難的　容易的

0 明（あか）るい ↔ 0 暗（くら）い
明亮的　陰暗的

3 可愛（かわい）い ↔ 2 不細工（ぶさいく）
可愛的　不好看

4 面白（おもしろ）い ↔ 3 つまらない
有趣的　無聊的

3 美味（おい）しい ↔ 2 まずい
好吃的　不好吃的

0 丸（まる）い ↔ 3 0 四角（しかく）い
圓的　四角形的

1 2 多（おお）い ↔ 3 少（すく）ない
多的　少的

2 0 得意（とくい） ↔ 0 3 苦手（にがて）
擅長　不擅長

2 甘（あま）い ↔ 4 塩辛（しおから）い
甜的　鹹的

0 安全（あんぜん） ↔ 0 危険（きけん）
安全　危險

1 親切（しんせつ） ↔ 2 不親切（ふしんせつ）
親切　不親切

0 硬（かた）い ↔ 4 柔（やわ）らかい
硬的　軟的

1 静（しず）か ↔ 2 にぎやか
安靜　熱鬧

4 暖（あたた）かい ↔ 3 涼（すず）しい
溫暖的　涼爽的

3 悲（かな）しい ↔ 3 嬉（うれ）しい
難過的　高興的

0 優（やさ）しい ↔ 3 厳（きび）しい
溫柔的　嚴厲的

4 新（あたら）しい ↔ 2 古（ふる）い
新的　舊的

3 大（おお）きい ↔ 3 小（ちい）さい
大的　小的

色（顏色）

A：何色が　好きですか。 喜歡什麼顏色呢？

B：黒が　好きです。 喜歡黑色。

1 赤（あか） 紅色	0 桃色（ももいろ） 1 ピンク 粉紅色	2 紫（むらさき） 1 パープル 紫色	0 オリーブ色（いろ） 橄欖色
0 肌色（はだいろ） 膚色	1 青（あお） 藍色	0 紺色（こんいろ） 深藍色	1 ベージュ 米色
1 アイボリー 象牙色	0 茶色（ちゃいろ） 咖啡色	1 黒（くろ） 黑色	1 白（しろ） 白色
1 緑（みどり） 2 グリーン 綠色	0 黄色（きいろ） 黃色	0 灰色（はいいろ） 2 グレー 灰色	0 金色（きんいろ） 金色
0 銀色（ぎんいろ） 銀色	0 水色（みずいろ） 水藍色	0 だいだい色（いろ） 2 オレンジ 橘色；橙色	0 ワイン色（いろ） 4 ワインレッド 酒紅色
0 透明（とうめい） 透明	1 二色（にしょく） 兩種顏色	濃い色（こ　いろ） 深色	薄い色（うす　いろ） 淺色

色々な色（いろいろ　いろ）
各種顏色

❖ 附錄9：飲み物（のみもの）・食べ物（たべもの）（飲料・食物）

飲み物（のみもの）（飲料）

1 ビール 啤酒	0 日本酒（にほんしゅ） 日本酒	3 2 ウイスキー 威士忌	1 ワイン 葡萄酒
3 コーヒー 咖啡	0 紅茶（こうちゃ） 紅茶	1 ジュース 果汁	0 緑茶（りょくちゃ） 綠茶
4 ミルクティー 奶茶	3 ヨーグルト 優格；優酪乳	5 パパイヤミルク 木瓜牛奶	8 タピオカミルクティー 珍珠奶茶

食べ物（たべもの）（食物）

1 ラーメン 拉麵	3 ハンバーガー 漢堡	1 ピザ 披薩	2 ステーキ 牛排
0 しゃぶしゃぶ 涮涮鍋	3 スパゲッティ 義大利麵	3 水（すい）ギョーザ 水餃	3 焼（や）きギョーザ 煎餃；鍋貼
3 揚（あ）げギョーザ 炸餃	3 蒸（む）しギョーザ 蒸餃	3 スープギョーザ 湯餃	0 シューマイ 燒賣
1 チャーハン 炒飯	0 焼（や）きそば 炒麵	3 焼（や）きビーフン 炒米粉	0 エビチリ 乾燒明蝦
5 マーボードーフ 麻婆豆腐	1 酢豚（すぶた） 咕咾肉；糖醋排骨	3 1 チャーシュー 叉燒	3 ワンタン 雲吞；餛飩
3 パイコーメン 排骨麵	3 タンタンメン 擔擔麵	0 ヤムチャ 飲茶	

❖ 附録10：果物（くだもの）・動物（どうぶつ）（水果・動物）

果物（くだもの）（水果）

0 苺（いちご） 草莓	0 さくらんぼ 0 さくらんぼう 櫻桃	0 西瓜（すいか） 西瓜	2 0 梨（なし） 水梨
3 パイナップル 鳳梨	1 バナナ 香蕉	0 葡萄（ぶどう） 葡萄	1 蜜柑（みかん） 橘子
1 メロン 哈密瓜	0 桃（もも） 桃	0 りんご 蘋果	1 0 レモン 檸檬
1 キウイ 奇異果	1 ライチ 荔枝	1 ドリアン 榴槤	

動物（どうぶつ）（動物）

1 パンダ 熊貓	0 兎（うさぎ） 兔子	2 1 熊（くま） 熊	1 猿（さる） 猴子
0 豚（ぶた） 豬	0 虎（とら） 老虎	1 象（ぞう） 大象	0 麒麟（きりん） 長頸鹿
0 狐（きつね） 狐狸	1 コアラ 無尾熊	0 駱駝（らくだ） 駱駝	0 縞馬（しまうま） 斑馬
3 カンガルー 袋鼠	1 河馬（かば） 河馬	0 ライオン 獅子	

❖ 附錄11：スポーツ・映画（えいが）・音楽（おんがく）（運動・電影・音樂）

スポーツ（運動）

6 バスケットボール
籃球

4 バレーボール
排球

0 野球（やきゅう）
棒球

1 サッカー
足球

0 水泳（すいえい）
游泳

1 サーフィン
衝浪

5 アイススケート
滑冰

2 スキー
滑雪

4 アイスホッケー
冰上曲棍球

1 ゴルフ
高爾夫

1 剣道（けんどう）
劍道

映画（えいが）（電影）

5 カンフー映画（えいが）
武打片

5 パニック映画（えいが）
災難片

4 ポルノ映画（えいが）
色情片

5 ＳＦ映画（エスエフえいが）
科幻片

1 アニメ
動畫片

2 時代劇（じだいげき）
古裝片

4 ホラー映画（えいが）
恐怖片

5 スリラー映画（えいが）
懸疑片

6 ミュージック映画（えいが）
音樂片

5 戦争映画（せんそうえいが）
戰爭片

1 コメディー
喜劇片

5 アクション映画（えいが）
動作片

1 悲劇（ひげき）
悲劇片

5 文芸映画（ぶんげいえいが）
文藝片

音楽（おんがく）（音樂）

5 ロックンロール
簡稱 1 「ロック」
搖滾樂

3 2 クラシック
古典音樂

4 フォークソング
簡稱 1 「フォーク」
民謠

1 オペラ
歌劇

1 シンフォニー
管弦樂

0 童謡（どうよう）
童謠

4 ムードミュージック
抒情歌曲

1 ポップス
流行歌

1 演歌（えんか）
演歌

1 ジャズ
爵士樂

6 カントリーミュージック
鄉村歌曲

活動：好き？嫌い？上手？（喜歡？討厭？擅長？）

遊戲方式：

擲骰子決定前進的格子數，擲骰子的人要回答問題，先抵達終點的人為優勝。

スタート 開始	カラオケが好きですか。 喜歡卡拉OK嗎？	勉強が嫌いですか。 討厭唸書嗎？	歌が上手ですか。 很會唱歌嗎？	日曜日、約束がありますか。 星期天有約嗎？
				日本料理が好きですか。 喜歡日本料理嗎？
料理が上手ですか。 很會做菜嗎？	旅行が好きですか。 喜歡旅行嗎？	漢字がわかりますか。 會漢字嗎？	明日、用事がありますか。 明天有事嗎？	相撲が嫌いですか。 討厭相撲嗎？
韓国語がわかりますか。 會韓文嗎？				
お金がありますか。 有錢嗎？	テレビが嫌いですか。 討厭看電視嗎？	英語が上手ですか。 英文很棒嗎？	フランス語がわかりますか。 會法文嗎？	日本語の勉強が好きですか。 喜歡日文課嗎？
				テストが嫌いですか。 討厭小考嗎？
ダンスが上手ですか。 很會跳舞嗎？	クラシックが嫌いですか。 討厭古典音樂嗎？	車がありますか。 有車嗎？	平仮名がわかりますか。 會平假名嗎？	水泳が上手ですか。 很會游泳嗎？
片仮名がわかりますか。 會片假名嗎？				
絵が上手ですか。 很會畫圖嗎？	日本の歌が好きですか。 喜歡日本歌嗎？	今の仕事が嫌いですか。 討厭現在的工作嗎？	パソコンがありますか。 有個人電腦嗎？	ゴール 終點

❖ 附錄12：何月何日何曜日ですか。（幾月幾日星期幾？）

(なんがつなんにちなんようび)

月（月份）(つき)

4 1月（いちがつ）	3 2月（にがつ）	1 3月（さんがつ）	3 4月（しがつ）	1 5月（ごがつ）
4 6月（ろくがつ）	4 7月（しちがつ）	4 8月（はちがつ）	1 9月（くがつ）	4 10月（じゅうがつ）
6 11月（じゅういちがつ）	5 12月（じゅうにがつ）	1 何月（なんがつ）		

日にち（日期）(ひ)

4 1日（ついたち）	0 2日（ふつか）	0 3日（みっか）	0 4日（よっか）
0 5日（いつか）	0 6日（むいか）	0 7日（なのか）	0 8日（ようか）
0 9日（ここのか）	0 10日（とおか）	6 11日（じゅういちにち）	5 12日（じゅうににち）
1 13日（じゅうさんにち）	1 14日（じゅうよっか）	1 15日（じゅうごにち）	6 16日（じゅうろくにち）
6 17日（じゅうしちにち）	6 18日（じゅうはちにち）	1 19日（じゅうくにち）	0 20日（はつか）
1 21日（にじゅういちにち）	1 22日（にじゅうににち）	1 23日（にじゅうさんにち）	1 24日（にじゅうよっか）
1 25日（にじゅうごにち）	1 26日（にじゅうろくにち）	1 27日（にじゅうしちにち）	1 28日（にじゅうはちにち）
1 29日（にじゅうくにち）	3 30日（さんじゅうにち）	1 31日（さんじゅういちにち）	1 何日（なんにち）

曜日（星期）(ようび)

3 日曜日（にちようび） 星期日	3 月曜日（げつようび） 星期一	2 火曜日（かようび） 星期二	3 水曜日（すいようび） 星期三
3 木曜日（もくようび） 星期四	3 金曜日（きんようび） 星期五	2 土曜日（どようび） 星期六	3 何曜日（なんようび） 星期幾

色々（いろいろ）な時間（じかん）の言（い）い方（かた）（各種時間的說法）

日	早上	晚上
3 一昨日（おととい） 前天	一昨日（おととい）の　朝（あさ） 前天早上	一昨日（おととい）の　晚（ばん） 前天晚上
2 昨日（きのう） 昨天	昨日（きのう）の　朝（あさ） 昨天早上	昨日（きのう）の　晚（ばん） 昨天晚上
1 今日（きょう） 今天	1 今朝（けさ） 今天早上	1 今晚（こんばん） 今天晚上
3 明日（あした） 明天	明日（あした）の　朝（あさ） 明天早上	明日（あした）の　晚（ばん） 明天晚上
2 明後日（あさって） 後天	明後日（あさって）の　朝（あさ） 後天早上	明後日（あさって）の　晚（ばん） 後天晚上
1 毎日（まいにち） 每天	1 毎朝（まいあさ） 每天早上	1 毎晚（まいばん） 每天晚上

週	月	年
0 先々週（せんせんしゅう） 上上週	3 先々月（せんせんげつ） 上上個月	3 一昨年（おととし） 前年
0 先週（せんしゅう） 上週	1 先月（せんげつ） 上個月	1 去年（きょねん） 去年
0 今週（こんしゅう） 這週	0 今月（こんげつ） 這個月	0 今年（ことし） 今年
0 来週（らいしゅう） 下週	1 来月（らいげつ） 下個月	0 来年（らいねん） 明年
0 再来週（さらいしゅう） 下下週	2 再来月（さらいげつ） 下下個月	0 再来年（さらいねん） 後年
0 毎週（まいしゅう） 每週	0 毎月（まいつき） 每個月	0 毎年（まいとし） 0 毎年（まいねん） 每年

❖ 附錄13：何の日ですか。（什麼日子呢？）

日本節慶

練習 1

こどもの　日は　5月５日です。 兒童節是五月五日。

練習 2

A：こどもの　日は　何月何日ですか。 兒童節是幾月幾日？
B：5月５日です。 五月五日。

日本の年中行事（日本節慶）

1月1日	1月第二個星期一	2月11日	2月14日
元日	成人の　日	建国記念の　日	バレンタインデー
元旦	成人節	建國紀念日	情人節
2月23日	3月14日	3月21日前後（每年時間不同）	4月29日
天皇誕生日	ホワイトデー	春分の　日	昭和の　日
天皇生日	白色情人節	春分之日	昭和之日
5月3日	5月4日	5月5日	7月第三個星期一
憲法記念日	みどりの　日	こどもの　日	海の　日
憲法紀念日	綠之日	兒童節	海之日
8月11日	9月第三個星期一	9月22日或23日（每年時間不同）	10月第二個星期一
山の　日	敬老の　日	秋分の　日	スポーツの　日
山之日	敬老日	秋分之日	體育節
11月3日	11月23日	12月25日	
文化の　日	勤労感謝の　日	クリスマス	
文化節	勞工感恩節	聖誕節	

※小叮嚀：此假日是以在位天皇生日為準。

❖ 附錄14：何をしますか。（要做什麼呢？）

說明：

看圖學習常用的四十個動作片語。請學生上台選定一個動作後，以「比手畫腳」的方式，讓其他同學用日文說出他所比的動詞片語是什麼。

ご飯を　食べます。　吃飯。

かばんを　買います。　買包包。

部屋を　掃除します。　打掃房間。

手を　洗います。　洗手。

歯を　磨きます。　刷牙。

靴を　履きます。　穿鞋子。

帽子を　かぶります。　戴帽子。

めがねを　掛けます。　戴眼鏡。

テレビを　見ます。　看電視。

新聞を　読みます。　看報紙。

日本語を　勉強します。　學日文。

電気を　消します。　關燈。

電気を　つけます。　開燈。

シャワーを　浴びます。　沖澡。

ゴミを　捨てます。　丟垃圾。

お金を　払います。　付錢。

車を　運転します。　開車。

辞書を　調べます。　查字典。

花を　送ります。　送花。

西瓜を　切ります。　切西瓜。

ジュースを　飲(の)みます。 喝果汁。

写真(しゃしん)を　撮(と)ります。 照相。

洗濯(せんたく)します。 洗衣服。

果物(くだもの)を　売(う)ります。 賣水果。

シャツを　着(き)ます。 穿襯衫。

シャツを　脱(ぬ)ぎます。 脫襯衫。

時計(とけい)を　します。 戴手錶。

荷物(にもつ)を　持(も)ちます。 拿行李。

音楽(おんがく)を　聞(き)きます。 聽音樂。

日記(にっき)を　書(か)きます。 寫日記。

窓(まど)を　閉(し)めます。 關窗。

ドアを　開(あ)けます。 開門。

お土産(みやげ)を　選(えら)びます。 選土產。

家(いえ)を　出(で)ます。 出門。

切手(きって)を　集(あつ)めます。 收集郵票。

友達(ともだち)を　待(ま)ちます。 等朋友。

道(みち)を　渡(わた)ります。 過馬路。

電話(でんわ)を　掛(か)けます。 打電話。

ケーキを　作(つく)ります 做蛋糕。

ポスターを　貼(は)ります。 貼海報。

❖ 附錄15：家族（かぞく）（家人）

成員	尊稱他人的家人	謙稱自己的家人
爺爺	2 お爺（じい）さん	1 祖父（そふ）
奶奶	2 お婆（ばあ）さん	1 祖母（そぼ）
爸爸	2 お父（とう）さん	2 1 父（ちち）
媽媽	2 お母（かあ）さん	1 母（はは）
太太	1 奥（おく）さん	1 家内（かない） 1 妻（つま）
先生	2 ご主人（しゅじん）	1 主人（しゅじん） 0 夫（おっと）
女兒	0 娘（むすめ）さん 2 お嬢（じょう）ちゃん	3 娘（むすめ）
兒子	0 息子（むすこ）さん 2 お坊（ぼ）っちゃん	0 息子（むすこ）
哥哥	2 お兄（にい）さん	1 兄（あに）
姐姐	2 お姉（ねえ）さん	0 姉（あね）
弟弟	0 弟（おとうと）さん	4 弟（おとうと）
妹妹	0 妹（いもうと）さん	4 妹（いもうと）

活動：おいくつですか。（請問幾歲？）

A：お父（とう）さんは　おいくつですか。 您爸爸幾歲？

B：父（ちち）は　＿＿＿＿＿＿ 歳（さい）です。 我爸爸～歲。

❖ 附錄16：乗り物（交通工具）

(の、もの are printed as furigana over 乗 and 物)

3 オートバイ（auto＋bicycle 和製英語）
摩托車

3 しょうぼうしゃ **消防車**
消防車

1 ヨット（yacht）
帆船

2 トラック（track）
卡車

0 ちかてつ **地下鉄**
地下鐵

0 1 でんしゃ **電車**
電車

2 0 じどうしゃ **自動車**
汽車

1 フェリー（ferry）
渡輪

3 さんりんしゃ **三輪車**
三輪車

5 ロープウェー（ropeway）
纜車

2 ひこうき **飛行機**
飛機

0 せんすいかん **潜水艦**
潛水艇

3 きゅうきゅうしゃ **救急車**
救護車

1 カヌー（canoe）
獨木舟

1 タクシー（taxi）
計程車

2 パトカー（patrol car）
警車

1 バス（bus）
巴士

3 ヘリコプター（helicopter）
直升機

3 モノレール（monorail）
單軌電車

2 0 じてんしゃ **自転車**
腳踏車

❖ 附錄17：いろいろな場所(ばしょ)（各種場所）

3 郵便局(ゆうびんきょく) 郵局	0 銀行(ぎんこう) 銀行	2 市役所(しやくしょ) 市公所
0 公園(こうえん) 公園	3 映画館(えいがかん) 電影院	1 パン屋(や) 麵包店
0 病院(びょういん) 醫院	2 美容院(びよういん) 美容院	0 不動産屋(ふどうさんや) 房屋仲介
0 居酒屋(いざかや) 居酒屋	1 駅(えき) 車站	0 交番(こうばん) 派出所
0 コンビニ 便利商店	2 花屋(はなや) 花店	0 パチンコ屋(や) 柏青哥店
0 写真屋(しゃしんや) 照相館	0 八百屋(やおや) 蔬菜店	0 果物屋(くだものや) 水果店
0 薬屋(くすりや) 藥局	1 本屋(ほんや) 書店	0 時計屋(とけいや) 鐘錶店
3 0 喫茶店(きっさてん) 咖啡廳	0 食堂(しょくどう) 食堂	1 レストラン 餐廳
2 デパート 百貨公司	1 スーパー 超市	4 動物園(どうぶつえん) 動物園
4 博物館(はくぶつかん) 博物館	3 美術館(びじゅつかん) 美術館	5 ディズニーランド 迪士尼樂園

❖ 附錄18：世界の国（世界各國）

（ふりがな：世界 せかい、国 くに）

日文	漢字、原文	中文
0 アメリカ	United States of America	美國
1 インド	India	印度
0 イギリス	United Kingdom	英國
4 インドネシア	Indonesia	印尼
0 イタリア	Italy	義大利
0 エジプト	Egypt	埃及
0 オランダ	Netherlands	荷蘭
5 オーストラリア	Australia	澳洲
1 カナダ	Canada	加拿大
1 かんこく	韓国，Korea	韓國
5 きたちょうせん	北朝鮮，North Korea	北韓
4 シンガポール	Singapore	新加坡
1 スイス	Switzerland	瑞士
2 スペイン	Spain	西班牙
3 たいわん	台湾，Taiwan	台灣
1 タイ	Thailand	泰國
1 ちゅうごく	中国，China	中國
1 ドイツ	Germany	德國
5 ニュージーランド	New Zealand	紐西蘭
2 にほん	日本，Japan	日本
0 フランス	France	法國
1 フィリピン	Philippines	菲律賓
0 ブラジル	Brazil	巴西
0 ベトナム	Vietnam	越南
2 マレーシア	Malaysia	馬來西亞
0 メキシコ	Mexico	墨西哥
1 ロシア	Russia	俄羅斯

MEMO

各課練習解答

第一課

練習 1

1.（C） 2.（A） 3.（G） 4.（F）

5.（I） 6.（H） 7.（D） 8.（B）

練習 2

1. shi（し） 2. i（い） 3. a（あ） 4. ko（こ）

5. ki（き） 6. ku（く） 7. su（す） 8. e（え）

9. o（お） 10. so（そ） 11. ke（け） 12. ka（か）

練習 3

1. ka（か） 2. sa（さ） 3. o（お） 4. a（あ）

5. shi（し） 6. ki（き） 7. su（す） 8. ke（け）

9. e（え） 10. u（う） 11. so（そ） 12. ku（く）

13. se（せ） 14. ko（こ）

練習4

1. えき（駅） 2. かに（蟹） 3. こころ（心） 4. こい（恋）

5. さかな（魚） 6. しり（尻） 7. うし（牛） 8. うち（家）

9. そと（外） 10. あさ（朝） 11. え（絵） 12. こえ（声）

練習5

1. 塩（しお） 椅子（いす）（參考答案）

2. 茸（きのこ） 痛い（いたい）（參考答案）

3. 駅（えき） 北 （きた）（參考答案）

練習6

例：こい	u.chi	（A）	A. 家
1. うち	so.to	（F）	B. 背
2. そと	ko.i	（G）	C. 毛虫
3. すき	se	（B）	D. 寒い
4. けむし	su.ki	（I）	E. 遅い
5. せ	ke.mu.shi	（C）	F. 外
6. おそい	o.so.i	（E）	G. 恋
7. うえ	sa.mu.i	（D）	H. 木
8. き	u.e	（K）	I. 好き
9. さむい	ki	（H）	J. 茸
10. きのこ	ki.no.ko	（J）	K. 上

練習 7

1.（C） 2.（F） 3.（B） 4.（A）

5.（G） 6.（H） 7.（I） 8.（D）

練習 8

1. ta（た） 2. he（へ） 3. ne（ね） 4. tsu（つ）

5. ni（に） 6. nu（ぬ） 7. chi（ち） 8. ha（は）

9. hi（ひ） 10. fu（ふ） 11. no（の） 12. te（て）

練習 9

1. ta（た） 2. no（の） 3. ni（に） 4. te（て）

5. ha（は） 6. hi（ひ） 7. na（な） 8. he（へ）

9. chi（ち） 10. ne（ね） 11. tsu（つ） 12. fu（ふ）

13. nu（ぬ） 14. ho（ほ）

練習 10

1. とら（虎） 2. はは（母） 3. ちち（父） 4. はる（春）

5. にく（肉） 6. なつ（夏） 7. ほん（本） 8. ほし（星）

9. なす（茄子） 10. ふゆ（冬） 11. ねこ（猫） 12. へや（部屋）

練習 11

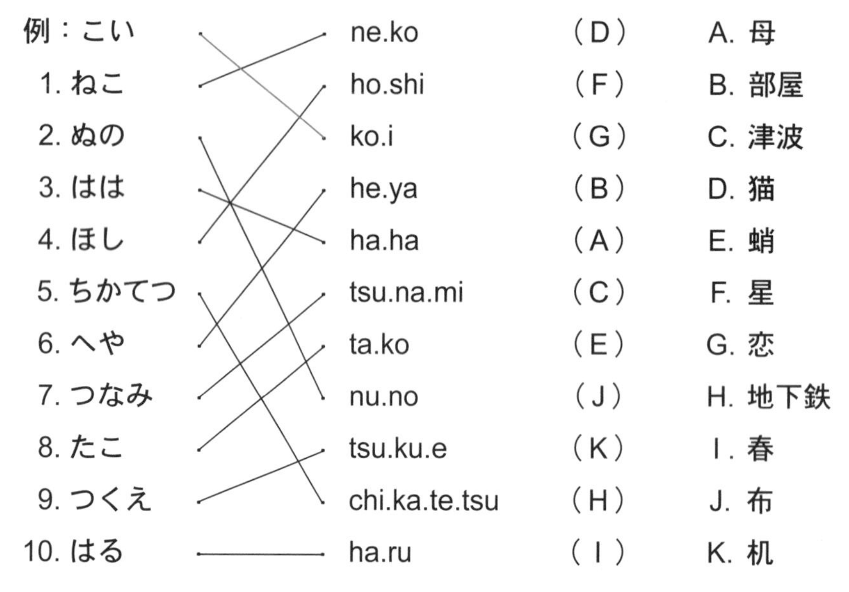

練習 12

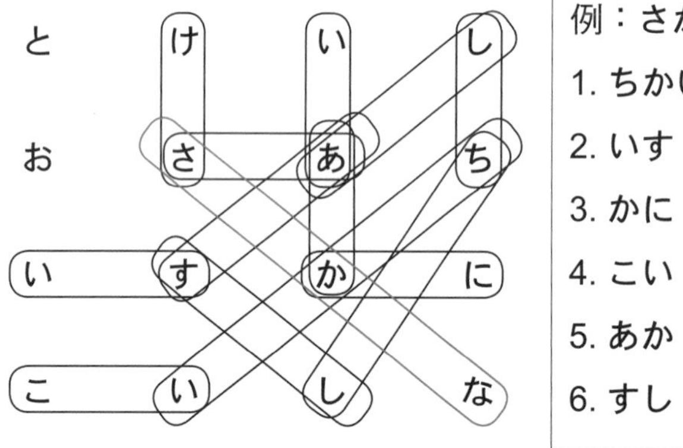

例：さかな 魚
1. ちかい 近い
2. いす 椅子
3. かに 蟹
4. こい 恋
5. あか 赤
6. すし 寿司
7. あし 足
8. あい 愛
9. あさ 朝
10. しち 七
11. けさ 今朝
12. あす 明日

練習 13

1.（C） 2.（D） 3.（G） 4.（H）
5.（I） 6.（A） 7.（F） 8.（B）

練習 14

1. ma（ま） 2. ya（や） 3. ra（ら） 4. mo（も）
5. ri（り） 6. me（め） 7. re（れ） 8. mi（み）
9. mu（む） 10. yo（よ） 11. ru（る） 12. yu（ゆ）

練習 15

1. ra（ら） 2. ya（や） 3. ru（る） 4. mo（も）
5. ro（ろ） 6. mu（む） 7. yu（ゆ） 8. mi（み）

9. wo（を）　10. re（れ）　11. wa（わ）　12. ri（り）
13. yo（よ）　14. me（め）

練習 16

1. め（目）　2. よる（夜）　3. ゆき（雪）　4. ふろ（風呂）
5. るす（留守）　6. ろく（六）　7. れつ（列）　8. まえ（前）
9. ほん（本）　10. おんせん（温泉）　11. やおや（八百屋）
12. あめ（雨）

練習 17

例：にほん	mo.mo	（F）	A. 歴史
1. もも	re.ki.shi	（A）	B. 私
2. わたし	ni.ho.n	（G）	C. 夜店
3. やさい	mo.chi	（E）	D. 野菜
4. れきし	ma.ku.ra	（J）	E. 餅
5. るす	ya.sa.i	（D）	F. 桃
6. よみせ	wa.ta.shi	（B）	G. 日本
7. まくら	yu.ki	（I）	H. 留守
8. もち	yo.mi.se	（C）	I. 雪
9. ゆき	ru.su	（H）	J. 枕
10. ふろ	fu.ro	（K）	K. 風呂

練習 18

1.（や）→（×）→ ゆ →（×）→（よ）
2. ら →（り）→（る）→ れ →（ろ）
3.（ま）→ み →（む）→（め）→ も

第二課

練習 1

1.（A）　2.（C）　3.（D）　4.（G）
5.（H）　6.（F）　7.（I）　8.（B）

練習 2

1.（が）→（ぎ）→ ぐ →（げ）→（ご）

2.（ぱ）→（ぴ）→（ぷ）→ ぺ →（ぽ）

3.（ば）→ び →（ぶ）→（べ）→（ぼ）

練習 3

1. gi（ぎ）	2. da（だ）	3. ji（じ）	4. go（ご）
5. za（ざ）	6. pe（ぺ）	7. be（べ）	8. pi（ぴ）
9. do（ど）	10. zo（ぞ）	11. zu（ず）	12. bu（ぶ）

練習4

1. ga（が）	2. da（だ）	3. gi（ぎ）	4. bo（ぼ）
5. po（ぽ）	6. zu（ず / づ）	7. gu（ぐ）	8. bi（び）
9. pi（ぴ）	10. ge（げ）	11. ze（ぜ）	12. de（で）
13. go（ご）	14. zo（ぞ）		

練習5

1. でんわ（電話）	2. そぼ（祖母）	3. うさぎ（兔）
4. さんぽ（散步）	5. しんぱい（心配）	6. せんぱい（先輩）
7. もみじ（紅葉）	8. かんぱい（乾杯）	9. ぶた（豚）
10. こども（子供）	11. くだもの（果物）	12. はなび（花火）

練習6

例：にほん	se.n.pa.i	（C）	A. 電話
1. えいが	e.i.ga	（K）	B. 馬鹿
2. でんわ	ni.ho.n	（G）	C. 先輩
3. さんぽ	sa.n.po	（J）	D. 花火
4. てんぷら	ba.ka	（B）	E. 天婦羅
5. くじら	de.n.wa	（A）	F. 鼠
6. ばか	ku.ji.ra	（H）	G. 日本
7. ねずみ	ha.na.bi	（D）	H. 鯨
8. かんぱい	ne.zu.mi	（F）	I. 乾杯
9. はなび	te.n.pu.ra	（E）	J. 散步
10. せんぱい	ka.n.pa.i	（I）	K. 映画

復習小測驗 1

練習 1

（略）

練習 2

例：にほん	de.n.wa	（F）	A. 桃
1. えいが	e.i.ga	（J）	B. 乾杯
2. ほし	ni.ho.n	（G）	C. 花火
3. さんぽ	sa.n.po	（S）	D. 茸
4. てんぷら	ho.shi	（M）	E. 毛虫
5. でんわ	te.n.pu.ra	（L）	F. 電話
6. くじら	ku.ji.ra	（H）	G. 日本
7. はなび	ha.na.bi	（C）	H. 鯨
8. かんぱい	ya.o.ya	（P）	I. 蟹
9. たこ	ki.no.ko	（D）	J. 映画
10. いぬ	yu.ki	（T）	K. 温泉
11. やおや	ka.n.pa.i	（B）	L. 天婦羅
12. きのこ	i.nu	（O）	M. 星
13. けむし	ta.ko	（U）	N. 桜
14. ゆき	to.ra	（Q）	O. 犬
15. とら	ke.mu.shi	（E）	P. 八百屋
16. おんせん	o.n.se.n	（K）	Q. 虎
17. ねこ	ka.ni	（I）	R. 猫
18. かに	mo.mo	（A）	S. 散歩
19. さくら	sa.ku.ra	（N）	T. 雪
20. もも	ne.ko	（R）	U. 蛸

練習 3

1. ka（か）	2. da（だ）	3. sa（さ）	4. go（ご）
5. he（へ）	6. e（え）	7. to（と）	8. mo（も）
9. ko（こ）	10. ma（ま）	11. se（せ）	12. ni（に）
13. ha（は）	14. so（そ）	15. ta（た）	16. nu（ぬ）

17. me（め）　18. pe（ぺ）　19. bu（ぶ）　20. hi（ひ）
21. re（れ）　22. ne（ね）　23. wa（わ）　24. ru（る）

第三課

練習 1

（略）

練習 2

（略）

練習 3

1.（1）　2.（2）　3.（1）　4.（1）　5.（2）
6.（3）　7.（2）　8.（2）　9.（1）　10.（1）

練習 4

（略）

練習 5

（略）

練習 6

1.（3）　2.（2）　3.（1）　4.（3）　5.（2）
6.（1）　7.（1）　8.（3）　9.（1）　10.（2）
11.（2）　12.（1）　13.（1）　14.（2）　15.（3）
16.（1）　17.（2）

練習 7

1. おに（い）さん　2. いも（う）と
3. おと（う）と　4. おば（あ）さん
5. おいし（い）　6. せんせ（い）
7. にんぎょ（う）　8. きゅ（う）り
9. じゅ（う）　10. ちゅ（う）しゃ

練習 8

（略）

練習 9

1.（1） 2.（2） 3.（3） 4.（2） 5.（3）
6.（1） 7.（2） 8.（1） 9.（1） 10.（2）

第四課

練習 1

1.（1） 2.（3） 3.（2） 4.（3） 5.（2）
6.（1） 7.（1） 8.（3） 9.（1） 10.（2）

練習 2

1. shi（シ） 2. i（イ） 3. a（ア） 4. ko（コ）
5. ki（キ） 6. ku（ク） 7. su（ス） 8. e（エ）
9. o（オ） 10. so（ソ） 11. ke（ケ） 12. ka（カ）

練習 3

1. ka（カ） 2. sa（サ） 3. o（オ） 4. a（ア）
5. shi（シ） 6. ki（キ） 7. su（ス） 8. ke（ケ）
9. e（エ） 10. u（ウ） 11. so（ソ） 12. ku（ク）
13. se（セ） 14. ko（コ）

練習 4

1. う（ウ） 2. か（カ） 3. こ（コ） 4. さ（サ）
5. そ（ソ） 6. き（キ） 7. い（イ） 8. く（ク）
9. し（シ） 10. せ（セ） 11. す（ス） 12. け（ケ）

練習 5

1.（3） 2.（2） 3.（3） 4.（1） 5.（2）
6.（3） 7.（2） 8.（1） 9.（2） 10.（3）

練習 6

1. ta（タ） 2. he（ヘ） 3. ne（ネ） 4. tsu（ツ）
5. ni（ニ） 6. nu（ヌ） 7. chi（チ） 8. ho（ホ）
9. hi（ヒ） 10. fu（フ） 11. no（ノ） 12. te（テ）

練習 7

1. ta（タ） 2. no（ノ） 3. ni（ニ） 4. te（テ）
5. ha（ハ） 6. hi（ヒ） 7. na（ナ） 8. he（ヘ）
9. chi（チ） 10. ne（ネ） 11. tsu（ツ） 12. fu（フ）
13. nu（ヌ） 14. ho（ホ）

練習 8

1. た（タ） 2. ち（チ） 3. に（ニ） 4. な（ナ）
5. ぬ（ヌ） 6. ね（ネ） 7. は（ハ） 8. ほ（ホ）
9. つ（ツ） 10. へ（ヘ） 11. と（ト） 12. ひ（ヒ）

練習 9

1.（2） 2.（1） 3.（2） 4.（3） 5.（1）
6.（2） 7.（1） 8.（3） 9.（1） 10.（2）

練習 10

1. ma（マ） 2. wa（ワ） 3. re（レ） 4. mu（ム）
5. mi（ミ） 6. mo（モ） 7. yo（ヨ） 8. ra（ラ）
9. me（メ） 10. yu（ユ） 11. n（ン） 12. ya（ヤ）

練習 11

1. ma（マ） 2. ro（ロ） 3. mi（ミ） 4. ya（ヤ）
5. wa（ワ） 6. ri（リ） 7. ru（ル） 8. re（レ）
9. yo（ヨ） 10. mo（モ） 11. me（メ） 12. ra（ラ）
13. yu（ユ） 14. mu（ム）

練習 12

1. ん（ン） 2. わ（ワ） 3. れ（レ） 4. ろ（ロ）
5. み（ミ） 6. や（ヤ） 7. り（リ） 8. ま（マ）
9. め（メ） 10. よ（ヨ） 11. ら（ラ） 12. む（ム）

練習 13

1.（3） 2.（3） 3.（2） 4.（2） 5.（3）
6.（1） 7.（2） 8.（3） 9.（1） 10.（1）

練習 14

1. da（ダ） 2. pa（パ） 3. ze（ゼ） 4. gu（グ）
5. bi（ビ） 6. po（ポ） 7. go（ゴ） 8. za（ザ）
9. de（デ） 10. ge（ゲ） 11. do（ド） 12. pe（ペ）

練習 15

1. ga（ガ） 2. po（ポ） 3. bi（ビ） 4. da（ダ）
5. pe（ペ） 6. ze（ゼ） 7. gu（グ） 8. be（ベ）
9. go（ゴ） 10. bo（ボ） 11. de（デ） 12. ba（バ）
13. pu（プ） 14. do（ド）

練習 16

1. び（ビ） 2. ご（ゴ） 3. ざ（ザ） 4. じ（ジ）
5. ぞ（ゾ） 6. ぢ（ヂ） 7. ど（ド） 8. だ（ダ）
9. ず（ズ） 10. ぐ（グ） 11. ぱ（パ） 12. ぽ（ポ）

練習 17

（略）

練習 18

（略）

練習 19

1.（1） 2.（2） 3.（3） 4.（2） 5.（1）
6.（3） 7.（2） 8.（1） 9.（2） 10.（3）
11.（2） 12.（1） 13.（3） 14.（3） 15.（1）
16.（2）

復習小測驗 2

練習 1

（略）

練習 2

1.（T）　2.（L）　3.（D）　4.（A）

5.（P）　6.（F）　7.（H）　8.（J）

9.（O）　10.（N）　11.（I）　12.（R）

13.（B）　14.（C）　15.（M）　16.（E）

17.（Q）　18.（K）　19.（S）　20.（G）

練習 3

1. ka（カ）　2. ku（ク）　3. sa（サ）　4. go（ゴ）

5. bu（ブ）　6. e（エ）　7. to（ト）　8. mo（モ）

9. ro（ロ）　10. yo（ヨ）　11. yu（ユ）　12. ko（コ）

13. bo（ボ）　14. so（ソ）　15. ta（タ）　16. nu（ヌ）

17. me（メ）　18. pe（ペ）　19. ba（バ）　20. hi（ヒ）

21. se（セ）　22. ne（ネ）　23. re（レ）　24. ru（ル）

第五課

一、請選出下列生字正確的讀音

1.（2）　2.（1）　3.（2）　4.（3）　5.（1）

6.（3）　7.（1）　8.（2）　9.（3）　10.（1）

二、請依下列提示完成對話

1.（どうぞ　よろしく）　2.（初(はじ)めまして）

3.（こちらこそ）　4.（そうです）

5.（高校生(こうこうせい)）　6.（も）

三、請將下列句子重組

1. 中村(なかむら)さんは　日本人(にほんじん)です。　2. あなたは　学生(がくせい)ですか。

3. 加藤(かとう)さんも　留学生(りゅうがくせい)です。　4. あの　方(かた)は　どなたですか。

四、請依指示完成句子（漢字均要注上假名）

1. 初(はじ)めまして。私(わたし)は　林(りん)です。

2. 私(わたし)は　高校生(こうこうせい)です。

3. どうぞ　よろしく　お願(ねが)いします。

【聽力練習】

例：A：李(りー)さんは　先生(せんせい)ですか。

B：はい、そうです。先生(せんせい)です。

李(りー)さんは　先生(せんせい)です。（〇）

1. A：林(りん)さんは　学生(がくせい)ですか。

B：はい、私(わたし)は　学生(がくせい)です。

林(りん)さんは　学生(がくせい)です。（〇）

2. A：田中(たなか)さんは　会社員(かいしゃいん)ですか。

B：いいえ、会社員(かいしゃいん)では　ありません。学生(がくせい)です。

田中(たなか)さんは　会社員(かいしゃいん)です。（×）

3. A：加藤(かとう)さんは　留学生(りゅうがくせい)ですか。

B：はい、そうです。

A：佐藤(さとう)さんも　留学生(りゅうがくせい)ですか。

B：いいえ、留学生(りゅうがくせい)では　ありません。先生(せんせい)です。

佐藤(さとう)さんも　留学生(りゅうがくせい)です。（×）

4. A：あの　方(かた)は　どなたですか。

B：あの　方(かた)は　加藤(かとう)さんです。

あの　方(かた)は　加藤(かとう)さんです。（〇）

第六課

一、請選出下列生字正確的讀音

1.（1） 2.（3） 3.（2） 4.（3） 5.（3）

6.（1） 7.（2） 8.（1） 9.（1） 10.（1）

二、請依下列提示完成對話

1.（それ）（何）（の）（誰） 2.（この）（を）

三、請將下列句子重組

1. それは　カメラです。
2. あれは　英語の　雑誌です。
3. この　本は　先生のです。
4. これは　誰のですか。
5. あの　デジカメを　ください。
6. これは　何の　服ですか。
7. あの　本は　誰のですか。
8. それは　何ですか。

四、請依指示完成句子（漢字均要注上假名）

1. それ（あれ）は　ドラえもんの　シールです。
2. これは　誰の　日傘ですか。
3. その（あの）　日本語の　ＣＤを　ください。
4. これは　何の　辞書ですか。

【聽力練習】

例：A：これは　何ですか。
　　B：鉛筆です。
　　これは　鉛筆です。（○）

1. A：それは　誰の　本ですか。
　 B：先生のです。
　 それは　先生の　本です。（○）

2. A：あれは　何の　雑誌ですか。
　 B：カメラの　雑誌です。
　 あれは　漫画の　雑誌です。（×）

3. A：これ、陳（ちん）さんの　傘（かさ）ですか。
B：はい、そうです。
A：じゃ、この　カメラも　陳（ちん）さんのですか。
B：いいえ、それは　先生（せんせい）のです。
その　カメラは　先生（せんせい）のです。（○）

4. A：これ、何（なん）ですか。
B：少女漫画（しょうじょまんが）です。
これは　絵本（えほん）じゃ　ありません。（×）

【豆知識2】

鼠（ねずみ）↔馬（うま）　牛（うし）↔羊（ひつじ）　虎（とら）↔猿（さる）　兎（うさぎ）↔犬（いぬ）　竜（たつ）↔鶏（とり）　蛇（へび）↔猪（いのしし）

第七課

一、請選出下列生字正確的讀音

1.（1）　2.（2）　3.（3）　4.（1）　5.（2）
6.（2）　7.（1）　8.（2）　9.（3）　10.（1）

二、請依下列提示完成對話

1.（何時（なんじ））（から）（まで）
2.（すみません）（売り場（うりば））（何階（なんがい））

三、請將下列句子重組

1. ここは　カメラ売り場（うりば）です。
2. トイレは　どこですか。
3. 本屋（ほんや）は　地下（ちか）3階（さんがい）です。
4. 映画（えいが）は　何時（なんじ）からですか。
5. 授業（じゅぎょう）は　5時（ごじ）までです。
6. 会議室（かいぎしつ）は　そちらです。
7. 博物館（はくぶつかん）は　9時（くじ）からです。
8. レストランは　あちらです。

四、請依指示完成句子（漢字均要注上假名）

1. 居酒屋（いざかや）は　午後（ごご）　6時（ろくじ）からです。
2. すみません。エレベーターは　どこ（どちら）ですか。
3. すみません。美術館（びじゅつかん）は　何時（なんじ）からですか。
4. すみません。かばん売り場（うりば）は　何階（なんがい）ですか。

【聽力練習】

例：A：ここは　会議室（かいぎしつ）ですか。

B：はい、そうです。

ここは　会議室（かいぎしつ）です。（〇）

1. A：カメラ売（う）り場（ば）は　何階（なんがい）ですか。

B：6階（ろっかい）です。

カメラ売（う）り場（ば）は　5階（ごかい）です。（×）

2. A：すみません、パン屋（や）は　何時（なんじ）までですか。

B：午後（ごご）　8時半（はちじはん）までです。

パン屋（や）は　午後（ごご）　8時半（はちじはん）までです。（〇）

3. A：エレベーターは　どこですか。

B：あそこです。

A：じゃ、エスカレーターは　どこですか。

B：そこです。

エスカレーターは　そこです。（〇）

4. A：すみません、レストランは　5階（ごかい）ですか。

B：いいえ、8階（はっかい）ですよ。

レストランは　8階（はっかい）です。（〇）

【豆知識3】

蛇遣（へびつか）い座（ざ）（蛇夫座）

第八課

一、請選出下列生字正確的讀音

1.（1）　2.（2）　3.（1）　4.（1）　5.（3）

6.（1）　7.（3）　8.（2）　9.（1）　10.（3）

二、是非題（對的句子請畫○，錯的句子請畫×）

1.（○）　2.（×）　3.（○）　4.（×）　5.（×）

三、請將下列句子重組

1. 今の　仕事は　いかがですか。
2. 東京は　どんな　町ですか。
3. 士林夜市は　とても　有名です。そして　にぎやかです。
4. 学校の　先生は　ちょっと　きびしいですが、とても　いい　人です。

四、請將下列句子翻譯

1. 台湾は　今　とても　暑いです。
2. 来週は　あまり　忙しくないです。
3. 学校の　勉強は　とても　おもしろいです。そして　楽しいです。
4. 仕事は　大変ですが、頑張って　ください。

【聽力練習】

例：A：日本語は　難しいですか。
　　B：いいえ、難しくないです。
　　日本語は　難しくないです。（○）

1. A：田中さんは　元気ですか。
　B：いいえ、あまり　元気じゃ　ありません。
　田中さんは　とても　元気です。（×）

2. A：明日　忙しいですか。
　B：いいえ、忙しくないです。暇です。
　明日は　忙しくないです。（○）

3. A：今日　日本の　天気は　どうですか。
　B：ちょっと　寒いですが、いい　天気です。
　今日　日本の　天気は　暑いです。（×）

4. A：京都は　どんな　町ですか。
B：静かな　町です。そして、綺麗な　町です。
京都は　静かです。そして、綺麗です。（〇）

【豆知識4】

居酒屋（居酒屋）

第九課

一、請選出下列生字正確的讀音

1.（3）　2.（1）　3.（3）　4.（3）　5.（1）
6.（3）　7.（2）　8.（1）　9.（2）　10.（1）

二、是非題（對的句子請畫〇，錯的句子請畫×）

1.（×）　2.（×）　3.（×）　4.（×）　5.（〇）

三、請將下列句子重組

1. 日本の　アニメ、一緒に　見ませんか。
2. 私は　歌が　あまり　上手じゃ　ありません。
3. 田村さんは　日本の　デジカメが　ありますか。
4. 私は　韓国語が　全然　わかりません。

四、請將下列句子翻譯

1. 先生は　どんな　スポーツが　嫌いですか。
2. 王さんは　日本語が　とても　上手です。
3. 木村さんは　フランス語が　わかりません。
4. 今週の　日曜日は　ちょっと……（都合が　悪いんです）。

【聽力練習】

例：A：王さんは　日本語の　勉強が　好きですか。
B：はい、とても　好きです。
王さんは　日本語の　勉強が　好きじゃ　ありません。（×）

1. A：陳さんは　新しい　運動が　嫌いですか。

　B：いいえ、とても　好きです。

　陳さんは　新しい　運動が　とても　好きです。（○）

2. A：小林さんは　英語が　上手ですか。

　B：いいえ、あまり　上手じゃ　ありません。

　小林さんは　英語が　あまり　上手じゃ　ありません。（○）

3. A：木村さんは　中国語が　わかりますか。

　B：はい、よく　わかります。

　木村さんは　中国語が　少し　わかります。（×）

4. A：いつ　日本語の　勉強が　ありますか。

　B：明日　あります。

　明日　日本語の　勉強が　ありません。（×）

【豆知識5】

「鬼は～外、福は～内！」（鬼滾出去，福氣進來。）

第十課

一、請選出下列生字正確的讀音

1.（2）　2.（1）　3.（3）　4.（1）　5.（2）

6.（3）　7.（2）　8.（1）　9.（2）　10.（1）

二、請依下列提示的助詞完成句子（助詞可重複使用）

1.（に）　2.（から）（まで）　3.（に）　4.（から或まで）（を）

三、請將下列句子重組

1. 王さんは　火曜日から　土曜日まで　働きます。
2. 毎晩　何時に　寝ますか。

3. 学校は　9時から　5時までです。

4. いつ　日本語を　勉強しますか。

四、請將下列句子翻譯

1. テストは　午前　9時から　9時半までです。
2. 金曜日から　日曜日まで　休みます。
3. 学校は　4時に　終わります。
4. 私は　毎週　水曜日に　野球を　します。

【聽力練習】

例：A：今日は　何曜日ですか。
　　B：土曜日です。
　　今日は　土曜日です。（○）

1. A：林さんは　毎朝　何時に　起きますか。
　B：私は　8時に　起きます。
　林さんは　毎朝　8時に　起きます。（○）

2. A：田中さんは　毎晩　何時に　寝ますか。
　B：私は　10時に　寝ます。
　田中さんは　毎晩　11時に　寝ます。（×）

3. A：王さんは　いつ　日本語を　勉強しますか。
　B：私は　毎週　木曜日に　勉強します。
　王さんは　毎週　水曜日に　勉強します。（×）

4. A：陳さんは　何曜日から　何曜日まで　働きますか。
　B：私は　火曜日から　土曜日まで　働きます。
　陳さんは　火曜日から　土曜日まで　働きます。（○）

【豆知識6】

1. 草津温泉（群馬県）　2. 有馬温泉（兵庫県）　3. 下呂温泉（岐阜県）

第十一課

一、請選出下列生字正確的讀音

1.（2） 2.（1） 3.（2） 4.（3） 5.（1）

6.（2） 7.（1） 8.（2） 9.（3） 10.（1）

二、請依下列提示的助詞完成句子（助詞可重複使用）

1.（で）（へ） 2.（と）（へ） 3.（で）（へ） 4.（に）

三、請將下列句子重組

1. 誰(だれ)と　東京(とうきょう)へ　行(い)きますか。
2. 何(なん)で　家(うち)へ　帰(かえ)りますか。
3. 明日(あした)　どこへ　行(い)きますか。
4. いつ　国(くに)へ　帰(かえ)りますか。

四、請將下列句子翻譯

1. 林先生(りんせんせい)は　歩(ある)いて　家(うち)へ　帰(かえ)ります。
2. 佐藤(さとう)さんは　本屋(ほんや)へ　行(い)きます。
3. 私(わたし)は　クラスメートと　図書館(としょかん)へ　行(い)きます。
4. 8月(はちがつ)10日(とおか)に　北海道(ほっかいどう)へ　行(い)きます。

【聽力練習】

例：A：林(りん)さん、明日(あした)　どこへ　行(い)きますか。
B：大阪(おおさか)へ　行(い)きます。

林(りん)さんは　大阪(おおさか)へ　行(い)きます。（○）

1. A：田中(たなか)さん、いつ　国(くに)へ　帰(かえ)りますか。
B：2月4日(にがつよっか)に　帰(かえ)ります。

田中(たなか)さんは　2月4日(にがつよっか)に　国(くに)へ　帰(かえ)ります。（○）

2. A：陳(ちん)さん、誰(だれ)と　東京(とうきょう)へ　行(い)きますか。
B：一人(ひとり)で　行(い)きます。

陳(ちん)さんは　一人(ひとり)で　東京(とうきょう)へ　行(い)きます。（○）

瑞蘭國際